Maison Arkonak Rhugen 3

Los Leones de Kiiv

Autor: Richardt Guitterzzi

Capitulo 1

"Orión"

"No fallé.
Acabo de descubrir 10.000 formas que no funcionan".

Thomas Alva Edison, inventor estadounidense.

--- Recibimos un mensaje de Matrix. - Dijo el Comandante Rodolfo Azteca. --- Quieren una videoconferencia con nosotros. Creo que tenemos noticias después de ese informe nuestro.

--- Sé que exageré un poco. Pero no me arrepiento de nada. Si quieres, te lo repito todo de nuevo. Palabra por palabra. No pensé que me apoyarías. Siempre eres tan cauteloso...

--- Todo lo que dijiste era verdad, Sonja. ¿Cómo iba a negar los hechos? Solo pude confirmar y firmar a continuación. Y entonces,ya hemos tomado un camino sin retorno, de aquí en adelante es todo o nada.

--- Nosotros y las chicas somos militares. Definitivamente iremos a la Corte Marcial.

--- Para ser juzgados, primero tenemos que salir vivos de esta Tierra.

--- ¿Crees que nos pueden abandonar aquí?

--- Después de nuestro informe, no tengo más dudas.

--- Estamos en un callejón sin salida, Roy. ¿Una videoconferencia? ¿Con quién vas a hablar?

--- Yo solo, no. Quieren la presencia de todo el equipo.

--- ¿Todo el equipo? ¿Cómo vamos a burlar a Sabrina?

--- Ella también participará. Quieren conocer al novata terrícola.

--- ¿Se han vuelto locos? ¡Ella no está lista! En las casas donde trabajaba, ¡ni siquiera le permitían usar el teléfono! ¿Cómo le voy a explicar a una chica de 1915 qué es una videoconferencia interplanetaria?

--- Espero que puedas, Sonja. Porque ella tendrá que participar. Y si luego le cuenta a alguien que tuvo una videoconferencia con extraterrestres...

--- Hospicio y asilo. Ya entendí. ¿Cuando será?

--- Logré programarlo para esta noche. A las 2 de la mañana, en el almacén.

--- Bien elegido. Si alguien empieza a gritar, podemos tirar algunas cajas para amortiguar el sonido. Cajas vacías, por supuesto.

--- Si hay que explicar lo que es la videoconferencia a la gente de 1915, mejor decir que nos emborrachamos, bebiendo perfume.

--- Eso ni siquiera es beber nitroglicerina y comer pólvora, Roy.

xxxxxxxxxxxxxxxxxxxxxxxxxxxxxxxxxxxxxxxxxxx

--- ¿Estamos todos aquí? Ya instalado en sus sillas? Sabrina, ¿estás lista?
--- Estoy lista. Ya me lo ha explicado la Condesa. Es como una estrella de cine,
hablando con la audiencia, a través de la cámara.
--- Eso es casi todo. Ya estamos a tiempo. Voy a encender el dispositivo.

Rodolfo encendió el dispositivo. Después de unos segundos de interferencia electromagnética, apareció la persona que llamaba. La sorpresa fue total, para todos. Para Sabrina, la calidad de la imagen en color era inimaginable en comparación con las películas mudas en blanco y negro. Si no fuera por el tamaño de la pantalla de 15 pulgadas del dispositivo, podrías invitar al oficial de pantalla a tomar un helado juntos. El Comandante, en la pantalla, parecía estar frente a él.

Para el resto del equipo, el personaje que surgió llevaba un claro mensaje de peligro.
--- Comandante Sanders. – Dijo Azteca poniéndose de pie y saludando, siendo acompañada por Sonja, Kelly y Jill.
--- Es bueno ver que todavía sabes cómo saludar. Y ahora, soy el Contraalmirante Sanders. Fui ascendido hace unos veinte minutos, gracias a usted. A voluntad.

Sanders miró al grupo de Arkonaks. Consultó unos apuntes, que tenía en las manos, y dijo:
--- Junto con un trozo de hojalata, también me dieron la misión de rescatarlos a ustedes, Arkonak y los antídotos, de esta montaña de mierda en la que se han enterrado. Así que saltémonos las "felicitaciones" y vayamos directo al grano. De ahora en adelante, solo llámame "Orión". Soy el nuevo comandante de esta montaña de mierda.
--- ¿Qué pasó con el viejo "Orión"? – Preguntó Azteca.
--- Gracias a su hermoso informe, tuvo que renunciar. En solidaridad, todo su equipo lo siguió. Aquí nadie quiere siquiera recordar que existes. Si su misión no fuera tan importante, todos podrían ir al Infierno. Nadie quería ser "Orión". Para ascenderme, imagínese lo desesperado que está el Ministerio.

Chayse golpeó el suelo con la punta de su bastón.
--- Bueno, creo que hicieron una elección brillante. Usted ha sido el hombre de esta publicación desde siempre, Contralmirante Olavo Sanders. O "Orión", como prefieras.

Hubo un silencio. Pesado como piedra.

Olavo Sanders era un tipo con pocos amigos, de piel dura y franco. Tenía un historial muy voluminoso de insubordinación y detenciones disciplinarias. Nadie lo invitaba a fiestas, recepciones y eventos sociales.

Pero, profesionalmente, fue implacablemente eficiente. La personificación del soldado de primera línea. Duro, crudo, dispuesto a matar o morir para cumplir su misión. Él mismo reconoció que no era un buen estratega. Su técnica favorita, si así podía llamarse, de golpear de frente a todo ya todos, incluso a los superiores, ya le había traído grandes molestias.

Dentro de la Flota, fue detestado por sus superiores y adorado por los soldados. Era el bombero de los rescates imposibles, a quien solo se llamaba cuando más de la mitad de ellos ya estaban en cenizas.

Imagínense la sorpresa del Equipo Arkonak,al ver que todos los planificadores originales de la misión habían sido exonerados, y que habían tenido que ascender a Sanders a Contraalmirante, para que aceptara un puesto, que nadie quería.

Incluso él no podía creer que estaba sentado en la silla de "Orion" (nombre en clave del Comandante Ejecutivo de la Operación Arkonak).

Cuando leyó el informe de Rodolfo Azteca, y vio que él iba a tener que liderar esa "montaña de mierda", casi le da un ataque de nervios.

Pero tras la sorpresa inicial, la expresión de la "Familia Arkonak" se tornó más tranquila. Si había algún "Orión" en el que pudieran confiar para sacarlos del apuro,ese hombre se llamaba Olavo Sanders.

Personalmente, Sanders los odiaba a todos,a cada miembro individualmente,a cada uno por una razón en particular. Y todo el equipo, colectivamente, más aún.

Para Sanders, eran el circo más ridículo que jamás había existido en una nave militar.

Pero sacar a los idiotas de los problemas era lo que mejor sabía hacer.

Y tenía que admitirlo: las confusiones de la Familia Arkonak eran muy inusuales. Los Arkonaks fueron un desafío formidable, incluso para él. Y Sanders no era un hombre que rehuyera los desafíos.

Era un caso clásico de atracción de opuestos.

--- Comandante Azteca, leí su informe y vi sus archivos. – Comenzó "Orión", apartando la mirada de ellos. Ni siquiera podía mirarlos, estaba tan enojado. Prefiero mirar tus notas. ---- Así que comencemos. Corrígete si mis notas están equivocadas.

Parecía concentrarse en los registros que tenía a mano.

--- Comandante de Crucero Rodolfo Adler Azteca. Eres del Planeta Vega Centauro.Tuvo una carrera muy regular, hasta llegar al Candidato a Oficial. Fue enviado a un intercambio de estudiantes en el Planeta Vorskhotcha, donde conoció a la Mayor Sonja Narodja, en ese momento, también Aspirante. Después de su regreso, continuó hasta alcanzar el rango de Capitán. Luego abandonó su carrera y se fue a la Reserva. En la vida civil, se convirtió en propietario de un barco de transporte. Cuando estalló la guerra, fue retirado y se convirtió en un héroe de guerra.

"Orión" buscó otras notas.

--- Te convertiste en una especie de "Chico de Propaganda" para el esfuerzo de guerra, tomando fotos y besando a los niños pequeños. Parece que la Familia Azteca tiene muchos amigos influyentes en los Altos Escalones. Cuando surgió la misión de regresar al Planeta Tierra, y buscar un antídoto contra los gases venenosos, su experiencia civil, como viajero mercenario, aventurero sin jefe, pesó a su favor. Creen que tienes iniciativa.

"Orión" leyó un poco, y continuó:

--- Te dieron el mando de una fragata, llamada Arkonak.Un barco de 29.000 toneladas, 171 metros de largo, 23 metros de ancho. Con alas retráctiles, de geometría variable, alcanzando una envergadura de hasta 150 metros. Su tripulación, cuando partió, constaba de 3500 androides y 8 humanos.

--- ¿Androides? ¿Que es eso? - Sabrina preguntó en voz baja.

--- Robots con apariencia humana. ¿Alguna vez pensaste si tuviéramos que alimentar a 3500 personas más? – Respondió Jill.

"Orion" fingió no escuchar la conversación de fondo y continuó:

--- La segunda al mando es la Mayor Sonja Demetryieva Narodja, también conocida como Agente Vulpine, de OKHRANA, el Servicio Secreto Vorskhotcha. En su tiempo libre, se presenta como Condesa, ya que es la heredera de una antigua familia de la nobleza vorkotti, que ostentaba ese título antes de la Revolución. Debo recordarte que la Federación es una República,y que tu rango oficial a bordo dela nave es el de Mayor, no el de Condesa.

--- Estoy consciente. Pero en el Planeta Tierra en 1915, ser Condesa es un disfraz mucho mejor. Explicar a una comandante femenina sería difícil. – Respondió Sonia.

"Orión" asintió. ¿Quién tenía la opción? El agente encubierto era ella.

--- Hacia adelante.Conociste al Comandante Azteca en la Academia Militar Vorskhotcha cuando ambos eran Aspirantes, siendo él un estudiante de intercambio. También en este momento, la señora comenzó su carrera como espía. Fue agente de campo por más de 10 años, hasta que la Revolución derrocó a la Monarquía Vorkotti, luego de una espectacular fuga de Vorskhotcha, tomada por los revolucionarios, se instaló en Vega – Centauro, junto al Comandante Azteca.

"Orión" a través de más anotaciones.

--- Te convertiste en Consultora de Contraespionaje para el Servicio Secreto Veganese. Fue elegida para esta misión porque,además de ser la esposa del Comandante,también es reconocida por su habilidad táctica. Fuiste tú quien eligió personalmente a los otros dos soldados del grupo.Tenientes Jill Dashin y Kelly Falsborg del Ejército Planet Polaris.

--- ¿Ustedes dos son tenientes? - Sabrina estaba asombrada, volteándose hacia sus amigas.

Todos miraron su cara de asombro.Fue "Orión" quien habló,con una expresión irónica.

--- ¿Soy solo yo, o el terrícola novata no sabía nada de esto?

--- Lo siento, Almirante Orión, es que aquí en la Tierra, las mujeres ni siquiera salen a la calle, sin el permiso de su padre o esposo. Mucho menos, vieron a Tenientes y Mayores de Marina.

--- Aquí no tenemos Marina, Señorita. Nuestras naves espaciales viajan por el Espacio.

--- ¿Y sus naves espaciales tienen helado? – Preguntó Sabrina, con cara de interés.

Todos hicieron un gran esfuerzo por no reírse. Ahora Sanders sabía lo que era ser el jefe de un subordinado libertino. Estaba saboreando su propio veneno.

--- Después de todo, ¿podemos continuar o no? - Dijo, con una cara fea.

--- Podemos. - Dijo Roy.

--- Tenientes Dalshin y Falsborg. Hijas, sobrinas y hermanas de militares, conocidas como "Hermanas Siameses", fueron reclutadas por el Mayor Narodja, y entrenadas para esta misión. Había un soldado más a bordo. Mayor Wilfred Blum. ¿Lo que le sucedió?

--- Lo maté. - Respondió Azteca, sin alterar un solo músculo de la cara.

--- El Señor ya ha explicado esto en su informe. Ahora, a los civiles. Había dos civiles a bordo. Un ex Capitán de Policía de Vegas, el Inspector Alfred Menzo Chayse; y un Profesor de Artes, ex Curador del Museo Vandarkia, el Profesor Reinhardt Stephan Kracory.

--- Correcto.

--- En cuanto a la terrícola a la que le gusta el helado, la reclutaste allí, en el acto. Es una civil, autodidacta en botánica y perfumería, cuyo único dato relevante es que prendió fuego a su propia casa, y fue expulsada de su país, Brasil,por su propia madre, que no quería verla detenida.

--- Correcto.

--- Según tengo entendido, ella está en el laboratorio, reemplazando al Mayor Blum, que tenía más de veinte grados en Química y Biología, ya quien mataste durante el viaje.

--- Correcto.

--- ¡Que maravilla! Siempre quise ser el dueño de un circo de mambembe. ¡Sal al Espacio con una compañía de payasos! Ahora, a la misión. ¿Cuáles eran sus órdenes, exactamente, Comandante Azteca?

--- Me dijeron que sería una misión relativamente simple. Como usted mismo recordará, yo era un chico del cartel, que besaba a los niños pequeños. De hecho,tengo algo de experiencia en navegación improvisada desde mis días de civil. Pero, francamente, creo que saber besar a los niños pequeños fue un criterio que pesó más en mi elección que mis méritos militares.

--- Lo que quiso decir, es que todo fue una gran broma, desde el principio.

--- Entendí muy bien lo que quiso decir,Mayor Narodja. Aguantar.Proceda,Comandante.

--- Básicamente una estratagema de marketing político. El Héroe de Guerra, Propaganda Boy, regresó al Planeta Tierra, tomó el antídoto y volvió, aún más heroico. Demasiado fácil para ser verdad. Debería haberlo sospechado. No me consultaron absolutamente nada sobre la misión. Para ellos, yo era un títere, no un Comandante.

--- ¿Era ese el plan? ¿Ir a la Tierra, conseguir el antídoto y volver a besar a los niños? ¿Simples así?

--- Simples así.

--- ¿Y qué salió mal?

--- Todo empezó mal, desde el principio. No pude participar en los preparativos de la misión. Mientras se programaba la nave, y su tripulación androide, yo viajaba por Vega-Centauro, entretenido con eventos propagandísticos. Incluso traer a este equipo humano conmigo, tomó muchas conversaciones, principalmente sobre comida y alojamiento para humanos. Hablando con franqueza, el Almirantazgo quería reducir la presencia humana a bordo del Arkonak al mínimo posible. Realmente pensaron que los androides podían resolverlo todo.

--- Al final te fuiste, con 8 humanos y 3500 androides, hiciste el informe del viaje, pero quiero saber de ti, Comandante Azteca.

--- Las computadoras de la nave espacial y los androides ya estaban programados.Solo tenía que presionar el botón "Iniciar sistemas" y listo: el control automático integrado haría el resto. Tenía una "Carta de Prego",un mensaje de alto secreto del viejo "Orión". Solo debe abrirse poco antes de que entremos en la estratosfera del Planeta Tierra.

--- Usted dijo en su informe que fue solo cuando leyó el mensaje que se dio cuenta de que su misión era suicida e inviable ¿Cuál era el mensaje en la carta?

--- Hasta entonces, estaba tranquilo,pensando que el Almirantazgo sabía dónde estaba el antídoto. Eso es lo que entendí cuando dijeron que era simplemente "ir a la Tierra, conseguir el antídoto y volver". Fue solo cuando leí la carta que vi que era una locura total.

--- ¿Y cuáles fueron esas locas órdenes que te hicieron preferir la Corte Marcial?

--- Decía que, en la guerra entre los terrícolas, había 4 capitales principales: Londres y París, por un lado, Berlín y Viena, por el otro. Debería elegir uno,invadir. Debería llevar a Arkonak a la capital elegida, atacarla con cañones láser y hacer aterrizar a los androides. Allí, esclavizaríamos a la población terrana local, presentándonos como dioses. Entonces obligaríamos a los terrícolas a buscarnos los antídotos. Si es necesario,nosotros mismos rociaremos la ciudad con gases venenosos para someterlos.

Había silencio. Sabrina estaba en estado de shock.

--- ¿Tu plan era esclavizar a la gente de Viena? ¿La ciudad de mis padres?

Sonja se volvió hacia ella y asintió.

--- Apuesto a que ni siquiera tu jefe de Edad de Piedra Astillada tenía ese plan.

Incluso "Orión" estaba en estado de shock.Había recibido demasiadas órdenes idiotas durante su carrera. Pero ese estableció un nuevo récord.

--- ¿Qué pasó? – Preguntó finalmente.
--- Cuando se dieron las órdenes, el Mayor Blum mostró sus verdaderas intenciones.
Ya había violado el mensaje y sabía de las órdenes antes que nosotros. Nunca había
tenido la intención de buscar antídotos, le gustaba mucho más producir gases
venenosos. Y también me gustaba la idea de convertirme en "dios" y esclavizar
ciudades. Peleamos y lo maté con mis propias manos.
--- Fue en defensa propia. – Dijo Sonia. – Todos somos tus testigos.
--- Yo, especialmente. – completó Chayse. - No pude ver la pelea, pero alerté al
Comandante, cuando Blum trató de atacarlo por la espalda, con una jeringa
envenenada.
--- Debería ser. En el informe, dices que metiste la jeringa en la garganta de Blum y
murió instantáneamente. ¿Y después?
--- No estábamos en condiciones de invadir nada, mucho menos de esclavizar a nadie.
Todo esto fue un suicidio, y en la práctica no teníamos ningún plan.Así que empezamos
a improvisar. Necesitábamos ganar tiempo y obtener la menor atención posible, hasta
que pudiéramos pensar en algo.
--- Entonces empezaron las improvisaciones. Bueno. - Escribió "Orión". -¿Que hicieron?
--- Elegí Londres, pero logré cambiar las coordenadas, para que podamos sumergirnos
en el fondo del Mar del Norte. Era el único lugar donde podíamos esconder una nave
espacial que se encontraba a casi 200 metros.
          Sonja intervino.
--- Pero no podíamos estar encerrados en Arkonak, a más de 100 metros de
profundidad. Entramos en el mini-sub, y nos acercamos a la costa inglesa.
Necesitábamos ropa terrana y algunos disfraces.
--- Así que tuvimos suerte. Vimos un barco viejo,todavía propulsado por vela y carbón.
Salía de la Costa Inglesa. Deben ser contrabandistas.
--- Nos acercamos al barco, lanzamos bombas de humo a bordo, para simular un
incendio. Y la tripulación saltó por la borda.
--- Entonces tomamos el control del barco y nos dirigimos a toda velocidad hacia el
Puerto de Ámsterdam, que es neutral.
          "Orión" se rió.
--- Empezó bien. Robo de un barco.
--- Técnicamente, lo encontramos abandonado. Y, según las leyes del mar, quien
encuentra un barco abandonado en alta mar es su dueño. No los hicimos saltar por la
borda, podrían haberse quedado y descubrir que era un truco.
--- Recién cuando inspeccionamos el buque descubrimos que el cargamento eran
perfumes orientales, plantas aromáticas y muebles. También había algo de ropa y
muchas chucherías.
--- Vendimos algunas cosas, ahorramos algo de dinero y alquilamos el edificio,
establecimos Maison Arkonak Rhugen, y aquí estamos.
--- Entonces, por eso abrieron la perfumería. Era el cargamento de un barco capturado.
- Dijo "Orión", con una expresión divertida.
--- En medio de la noche, en alta mar, no puedes elegir mucho. – Dijo Sonia.
--- No claro que no. ¿Qué hicieron con el barco?
--- Después de llevar la carga al edificio, la llevamos a alta mar y la hundimos. Sin
pistas.
          Rodolfo Azteca miró fijamente a su superior.
--- Comandante "Orion", soy plenamente consciente de que hemos violado multitud de

normas y asumo plenamente todas las responsabilidades de mi mando, pero antes de que tengamos que responder por nada, mi prioridad Número 1 era preservar la seguridad de mi equipo. No podía llevarlos a Hyde Park y dejar que la gente de Londres los linchara. Para descubrir cualquier antídoto,primero debemos mantenernos con vida. Si somos descubiertos y deportados por espionaje, ningún otro país neutral nos recibirá. Y en cualquier país en guerra, nos pueden fusilar por espionaje. Estar al servicio de una Federación Intergaláctica no parece un buen factor atenuante.

--- Eso es si los terrícolas creen en los extraterrestres.De lo contrario...-Agregó Chayse.

--- ... Hospicio y Asilo. – Dedujo Sonja.

--- Así es. – Concluyó Chayse.

--- Esa es la situación, Comandante "Orion". Haré lo que sea necesario para encontrar el antídoto y preservar a mi equipo. Y responderé por todos los actos realizados. Pero sólo cuando, y si, volvemos. – Finalizó Rodolfo Azteca.

Sabrina intervino, antes de que "Orion" pudiera responder.

--- Disculpe, solo soy una terrícola novata y estoy un poco confundida. Te entrenaste para jugar a Comandante, Condesa, etc.

--- Programación neurolingüística. Correcto.

--- Eso. Serían como actores, interpretando personajes.

--- Correcto.

--- Y ahora, descubro que realmente eres Comandante, Condesa y todo. No entendí. ¿lo eres o no lo eres?

--- La neurolingüística no crea nada, ni te da nada, que no tengas ya. Simplemente te ayuda a descubrir lo que ya tienes. Es como si ya tuvieras un rompecabezas, con todas las piezas sueltas, y la neurolingüística te ayuda a ponerlas en orden.

--- Es por eso que un Comandante Veganese puede hacerse pasar por un Comandante Estadounidense, una Condesa Vorkotti puede hacerse pasar por una Condesa Rusa. El Policía Veganese puede decir que es de Nueva York.

--- Un Profesor Vandarkiano podría pasar por Suizo, y dos Tenientes polarianas podrían ser Afrocanadienses.

--- Todas las verdades a medias, que pueden ser convincentes.

--- Y mentiras a medias, que se pueden descubrir. Es como si yo, siendo de Brasil, contara mi verdadera historia, pero como si fuera de Portugal. Podría ser convincente. Pero si alguien fuera a comprobar mi vida en Portugal, nadie me ha visto nunca.

"Orión" los escuchó, evitando mirarlos a los ojos. Resumido, después de todo.

--- Entonces, tu misión era descender con lal nave en medio de una gran ciudad y esclavizar a millones de personas.

Kracory intervino.

--- ¿Te imaginas lo maravilloso? ¿Un grupo de idiotas rodeados en una plaza, tratando de dominar el mundo?

--- Cualquier el nombre de esta operación? – Preguntó Sabrina.

--- Sin nombre.Probablemente "Operación Linchiamento de Idiotas". –Respondió Sonia.

--- ¿Qué pasa con el capitán alemán, Kausk? – Preguntó "Orión". --- ¿Cómo supieron que un agente del Servicio Secreto Alemán llegaría al Consulado esa noche con la misión de investigarlos?

--- Era la deducción lógica. Las "Anécdotas del Pescador", publicadas en periódicos holandeses, hablando de naves extraterrestres, cayendo de noche en el Mar del Norte, sirvieron de advertencia. Estaba claro que varios testigos nos habían visto durante el aterrizaje.

--- Los ingleses pensaron que era un Zeppelin, un dirigible alemán, perdido, cayendo al mar. Sabíamos que continuarían buscando en el sitio. Pero no tienen el equipo de búsqueda para localizar a Arkonak. No nos preocuparon.
--- Pero los alemanes sabían que no era uno de los suyos. Y el culto de los Adoradores de Extraterrestres, los Vrils o Vin-Yas, tiene seguidores muy influyentes en Alemania. Los rumores sobre extraterrestres eventualmente atraerían a los alemanes.
--- Así que estábamos monitoreando su frecuencia de radio. Por si acaso.
--- Cuando el Coronel Nicolai, Jefe del Servicio Secreto Alemán, envió un mensaje desde Berlín, informando al Consulado Alemán en Amsterdam que enviaba un agente desde Bélgica, decidimos esperarlo.
--- Gracias al negocio de la perfumería, estamos conociendo a mucha gente. Algunos de Bélgica. Algunos de la Resistencia Belga.
--- No fue difícil obtener el archivo completo de Kausk. Los monstruos psicópatas se hacen famosos rápidamente.
--- Fuimos al Consulado, esperando a ver a quien enviaba Berlin ¿Y adivinen quien estaba ahí? Eso mismo. Kausk. Puntual como un reloj.
--- El resto está en el informe, Señor. – Concluyó Azteca.
--- Está.Si el Cónsul no hubiera estado tan ocupado coqueteando con a novata terrana, podría haber aniquilado al equipo Arkonak esa misma noche.
        Había silencio. "Orión" continuó:
--- Su informe es aterrador. El Mayor Narodja tiró piedras y recibió un disparo. Apenas fue fatal. Los Tenientes saltaron un muro e invadieron una Representación Diplomática. Azteca, Chayse y Kracory estaban en el salón, en territorio alemán, tratando de confundir las investigaciones. Y el Cónsul notó la extrañeza de que los tres se hubieran unido en una perfumería. ¿Se les ocurrió alguna vez que, dentro del Consulado, el Cónsul tenía el poder de arrestarlos a los tres, así como al recién llegado? Ni siquiera la Policía Holandesa podría haberlos salvado. Dentro del Consulado, el Emperador era Herr Osten. Has tenido mucha más suerte que juicio.
        Otro silencio. "Orion" analizó sus informes.
--- Por lo que entiendo, de todas las distracciones que ustedes crearon esa noche, la del novata fue la única que funcionó. Fue ella quien te salvó. Y también tiene razón en otra cosa. Sus medias mentiras, haciéndose pasar por terrícolas, tampoco son difíciles de desacreditar. Nadie en el Planeta Tierra los conoce.
--- Concuerdo plenamente. Sabrina tiene mucho talento. ¿Puedo ascenderlo a Teniente o darle el mando? – Preguntó Roy Azteca.
        Sabrina protestó:
--- ¡No quiero ninguno! Vas a ir a una Corte Marcial. Prefiero mi promoción en helados.
--- Si tienes relleno de chocolate, te apoyo. - Dijo Kracory.
--- ¡Era justo lo que se necesitaba! Un cómplice de este pequeño enanito codicioso. - Dijo Jill.
--- ¡Eres una engañosa, así es! - Protestó el enano.
--- Buen intento, Roy. No creo que nadie quiera estar en tu lugar. - Sonja se rió.
        "Orión" escuchó todo, fingiendo estar distraído. Finalmente, los enfrentó:
--- Ahora, vayamos a lo que realmente importa. El antídoto que buscaste. ¿Ya tienes una idea de dónde está?
        Todos los ojos se volvieron hacia el Profesor Kracory.Incluso Chayse se volvió, sonriendo en dirección al enano.
--- ¡Ahora, veamos quién es el engañoso aquí! - Dijo Jill, fingiendo estar enojada. Pero

nadie podía enfadarse con Kracory.

     El enanito miró a cada uno, y vio que estaba rodeado. Miró hacia abajo, como si hablara consigo mismo.

--- Es solo una teoría... - Empezó, justificándose.

--- ¡Hablar pronto! - Dijeron todos, casi al mismo tiempo.

--- Después de la caída del Imperio Romano, Bizancio fue el centro comercial del mundo durante mil años. Cualquier producto, procedente de Oriente, antes de llegar a Europa, tendría que haber pasado por Bizancio, cuando la capital del Imperio aún se llamaba Constantinopla. Para los cristianos de Occidente, esto solo cambió cuando los turcos otomanos tomaron la ciudad en 1453.

--- Ya lo pensamos. - Dijo Azteca. – Si los ingredientes del antídoto llegaron a Europa después de eso, habrían pasado directamente por Venecia.

--- Pero no consideramos otra posibilidad. Los vikingos suecos llegaron a Constantinopla/Estambul a través del río Dniéper y continuaron haciendo negocios con los otomanos incluso después de la caída de la ciudad. Primero los negocios, luego la religión.

--- ¿Tenían una ruta alternativa? – Preguntó Sonia.

--- Es posible. El Dniéper es navegable todo el año. Y va casi directamente desde Suecia hasta el Mar Negro, justo a través de Rusia.

--- ¿Algún centro comercial?

--- Kiiv. Casi en ese momento, era la capital de un reino eslavo independiente.

--- He visto que voy a dar un paseo. Soy la rusa del equipo. Sabrina, no creo que tu acento alemán vaya a tener mucho éxito allí. Chayse se queda contigo aquí en la Maison. Y esta vez, es de verdad. No hay juegos "Calientes" o "Fríos" para que él te lleve. No vamos a una recepción en el Consulado.

--- Ya entendí. He oído hablar de la vida en el Imperio Ruso.Incluso antes de la guerra, los siervos no tenían nada que perder "excepto sus grilletes". Imagínese ahora. Nos encargaremos de todo hasta que vuelvas.

--- Chayse, ¿qué te parece?

--- No creo que ustedes cinco puedan prescindir de nadie más. Sabrina y yo estaremos bien.

--- Estoy seguro de que se te extrañará mucho.

--- No se preocupe por mí, Comandante, también he escuchado el chiste del ciego perdido en el tiroteo. Además, se suponía que Sabrina me daría la receta de la barbacoa brasileña.

--- Excelente. Así que ya has decidido ir a Kiiv. - Dijo Orión.

     El Contralmirante había estado en silencio, con el dispositivo encendido, observando todo desde el monitor. Quería ver cómo trabajaba el equipo. La tripulación de Arkonak era una familia. Que luchó por chocolates y helados. Y eso era tratar de salvar lo que quedaba de la raza humana, como si fuera lo más natural del Universo. Hablaron de ir a una ciudad muy peligrosa y buscar una aguja en un pajar, perdido hace casi mil años, como si estuvieran planeando un picnic en el parque.

     No había garantía de que tuvieran éxito. Pero, con absoluta certeza, no pude encontrar un mejor equipo para encontrar el antídoto.

     “Orion” los escuchó, considerando sus opciones. El Escuadrón era una Fuerza Militar. Sus opciones eran, básicamente,enviar soldados de asalto,volar todo a su paso. Pero, para eso, tendría que haber un trabajo de inteligencia, en el lugar. Antes de atacar un objetivo, es necesario ubicarlo, mapearlo y considerar las variables de tal operación.

Estaba claro para él que la Operación Arkonak había sido una montaña de arrogancia y estaba condenada desde el principio. Había sido un milagro que no hubieran sido capturados ni asesinados.

Pero esto se debe mucho más a sus habilidades individuales y algunos momentos de suerte, que a la planificación estratégica.

Pero ahora su situación sobre el terreno era muy difícil. Todavía estaban vivos y bien, pero completamente rodeados.

Rodolfo Azteca tenía razón. Antes de que alguien pudiera acusarlos en una Corte Marcial, primero tendrían que ser rescatados con vida. Y esa preocupación, de todos modos, sería ridícula. Si traían el antídoto, serían héroes y recibirían medallas. Si no lo hicieran, tal vez ni siquiera habría más jueces para juzgarlos.

No hubo tiempo ni condiciones para enviar otra nave a la Tierra. "Orión" sólo podía contar con el "Matrix", un gigantesco crucero estelar, en órbita terrestre, del que partieron las fragatas Arkonak.

Ahora sabía que la fragata Arkonak 1 estaba segura, por el momento, escondida en el fondo del Mar del Norte, y su equipo humano estaba bien, disfrazado en Amsterdam. Y todavía dispuesto a continuar en la misión.

Con todo, la situación seguía siendo mucho mejor de lo que había imaginado.

"Orión" sabía que su misión era terrible. Las vidas de cientos de millones de humanos dependían de si confiaba o no en esos 7 tipos.

A excepción de Sabrina, los otros 6 sabían lo que estaba en juego. Así que trataron de fingir descuido.

--- ¿Cómo está la situación en la Federación? – Preguntó Azteca.

--- La guerra se acabó. Hubo un acuerdo de alto el fuego. Vega – Centauro y Polaris ganaron. Pero Vandarkia todavía conserva mucho. Se está negociando un tratado de paz.

--- Entonces, ¿tu misión ha terminado? – Preguntó Sabrina.

--- Los gases venenosos, esparcidos en la atmósfera, no respetan los acuerdos. Siguen propagándose y matando personas durante generaciones. Necesitamos urgentemente el antídoto, no solo para salvar a los que lucharon en la guerra y sus familias. Pero también sus hijos y nietos.

--- ¿Es tan grave la situación?

--- Mucho más de lo que te imaginas, Sabrina.

--- Creo que he perdido las ganas de comer helado en tu nave espacial.

Chayse sonrió:

--- Eres joven y la vida es corta,Sabrina. Lo que sea sera. Pero haremos nuestro mejor esfuerzo. Y tomemos un helado juntos. Eres mi invitada.

--- ¡Disfruta lo que paga Chayse, Sabrina! - Dijo Kelly. --- Chayse es casi tan tacaño como el Comandante.

--- Es genial ver que le gusta la disciplina militar, Teniente Falsburg. Tendremos mucho de qué hablar cuando vuelvas. Son despedidos. ¡Sentido!

Sólo el Comandante Azteca se levantó de su silla y saludó.

--- Por casualidad, ¿usted es el único soldado presente, Comandante?

--- Señor, el Mayor Narodja y las Tenientes Falsburg y Dalshin están cubiertos por civiles. Si se revelan sus identidades militares, sus vidas correrán peligro. Asumo toda la responsabilidad por su comportamiento.

"Orión" lo miró fijamente.Era como mirarse en el espejo,unos años más joven.

--- Hablaremos de eso cuando regrese, Comandante Azteca. Despedido.

--- Un momento, Señor "Orión". – Preguntó Sabrina.

El Contralmirante miró fijamente al civil terrícola en ciernes.

--- Simplemente "Orión". ¿Desea agregar algo, Señorita?

--- Aquí en la Tierra tenemos algo llamado "Policía". La policía investiga los antecedentes de los sospechosos. Mucha gente sospecha de nosotros. Buscarán en Rusia, Estados Unidos, Canadá y Suiza el pasado de todos aquí.Si no encuentran nada, vamos a estar en un gran problema. Querrán saber de dónde vienen.

--- Eso es verdad. Un Comisario Holandés casi nos atrapa porque no sabíamos cómo usar sus relojes. – Sonja confirmó.

--- ¿Recibió documentos falsos, con sus disfraces?

--- Recibimos, para ser usado solo como medida de seguridad. Si el Arkonak fue destruida, debemos mezclarnos con los terrícolas y esperar el rescate. Pero es suficiente para que caminemos por las calles. No resistirían una investigación más certera, hecha en las fuentes.

--- Aún así, logramos alquilar el edificio, y mudar la tienda, con estos papeles. - Dijo Kracory.

--- ¿Qué dices de eso, Comandante Azteca?

--- No sabemos cuánto tiempo tendremos que quedarnos aquí. Mientras tanto, nos investigarán. Necesitamos ganar tiempo. Podríamos quedar atrapados en cualquier momento.

"Orión", pensó. Fue otro problema que los estrategas de la misión no consideraron. Los terrícolas de 1915 fueron muy despreciados.

La planificación de la misión había estado llena de errores. Se pensaba que,ya en guerra, los terrícolas ya estarían predispuestos a un acuerdo de paz. Ciertamente, ellos imaginaron esto desde su propia experiencia personal, en una Federación Intergaláctica a millones de años luz del Planeta Tierra.

Pensaron que los terrícolas se rendirían una vez que vieran a los androides. Apuestan por el impacto del elemento sorpresa, y por la superioridad militar en el punto de desembarco. Sería un plan razonable,si supieran de antemano el lugar exacto donde estaba el antídoto.

Pero el solo hecho de haber enviado mujeres, ancianos, ciegos y enanos significaba que planeaban ganarse el favor de la tripulación apuntándoles con armas. Ante la duda entre "hablar en voz baja" y "llevar el palo", terminaron por no hacer bien ninguna de las dos cosas.

No se había considerado la posibilidad de que el equipo tuviera que permanecer en la Tierra indefinidamente.

Ya se habían roto todas las reglas. Si hubiera una Corte Marcial, los jueces serían canosos.

"Orion" consideró la situación. Como el nuevo director ejecutivo encargado de limpiar ese desorden, su principal preocupación solo podría ser una: encontrar el antídoto y "llevar a los niños a casa".

--- Muy bien. Voy a activar el "Matrix", para darles apoyo, allá en el campo. Enviarán equipos de apoyo para crear sus nuevas historias. Posteriormente, te enviaremos los guiones creados, para que los memorices. Sería una pena que confundieran los tipos de relojes que usaban tus abuelos terrícolas. Como de costumbre,no debe tener ningún contacto con ningún miembro de los equipos de soporte y viceversa.

--- Medida de seguridad. Sería muy extraño que un extraño supiera tanto sobre mi pasado. – Asintió Azteca.

--- ¿Algo más? ¿No? Excelente. Entonces, bienvenida a bordo, terrícola. Despedido.

La videoconferencia terminó. Sabrina miró a la clase.

--- ¿Soy solo yo, o estamos todos en problemas?

Todos miraron al terrícola. Ella no estaba en el ejército, no tuvo que pasar por nada de eso. Pero esa era su familia ahora. Si ellos estaban en problemas, los problemas también eran de ella.

Sonja la abrazó por los hombros.

--- Es bastante posible. Pero esto solo lo descubriremos en Kiiv.

Capitulo 2

"El "Viejo" Está Deprimido "Big".

"Me volví loco, con largos períodos de horrible cordura".

Edgar Allan Poe, escritor estadounidense.

El Consulado Británico en Amsterdam estaba ubicado al borde del Canal, con una hermosa vista del Río Amstel.

La secretaria alertó a Benjamin Kostler de la visita de su viejo amigo, y "Big Ben" se aseguró de esperar fuera de su oficina.

--- ¡Terry, viejo bribón! ¿Dónde has estado?

--- Meterse en problemas, "Big". ¿Y cómo es su vida como Agregado Comercial?

---Yo también me he divertido. ¡Terry Audrey! ¡A cuanto tiempo! Siéntate, ¿quieres un trago?

--- Un whisky con hielo, para empezar bien el día.

--- Terry, Terry. Siempre lo mismo. - Dijo "Big", sirviendo a su amigo, sentándose en un sofá. --- Escuché que te has estado divirtiendo en Italia. ¿Son buenos?

--- Los italianos entraron en la guerra de nuestro lado, lo que ya era una gran cosa. Están disparando a los austriacos, no a nosotros. Vamos a dar un paso a la vez.

--- Tienes toda la razón. Usted y los muchachos hicieron un gran trabajo. Felicidades.

Terry Audrey sonrió. Era el espía estereotipado de las películas: alto, fuerte, elegante y bueno en la lucha. Agente de campo del MI6, viajó por el mundo disfrazado de vendedor de una empresa estadounidense. Un poco anticuado para los estándares modernos, pero en la década de 1910 personificó el sueño del típico ciudadano estadounidense de clase media. Viajó en Segunda Clase, en barcos de lujo, se hospedó en hoteles de lujo, pero en las habitaciones más económicas.

De esos que inspiraban confianza, ya los que la gente contaba secretos, en la conversación de taberna.

Había sido amigo de "Big Ben" Kostler durante muchos años. Vivieron muchas aventuras divertidas juntos.

Pero Terry Audrey no parecía tener nada gracioso que decir. Parecía preocupado, observando a Kostler de cerca, como si fuera un portador de malas noticias.

--- También pareces divertirte aquí en Ámsterdam, "Big".

Kostler sonrió. La alarma de ataque enemigo ya había sonado en cuanto el secretaria anunció al visitante. Terry no era de los que hacen visitas de cortesía.

--- Ámsterdam es una ciudad muy bonita. Y el Barrio Rojo es muy divertido. Deberías conocerlo.

--- Sigues siendo el mismo, "Big". Mujeres, siempre mujeres.

Los dos rieron. Kostler miró a su colega.

--- ¿Qué te trajo aquí, exactamente, Terry?

--- Escuché que te ha ido muy bien con las mujeres de Amsterdam, Big. Más precisamente, con tres empleadas de cierta perfumería.

Los dos rieron. ¡Terry Audrey había venido a Ámsterdam por ellas! ¡Cómo viajan las noticias!

Kostler respiró hondo y se reclinó en su silla detrás de su escritorio.

--- "Maison Arkonak Rhugen. Perfumes Finos, Para Damas y Caballeros". No sabía que te interesaban tanto los perfumes, Terry.

--- Ni yo. Hasta que fue a Londres y habló con el "Viejo".¿Qué sabes de esta gente,Big?

"El Viejo". Así se refirieron los agentes a Mansfield Cumming, Director General del MI6. En su ausencia, por supuesto. Todos amaban, odiaban y temían a Cumming. Lo "Viejo" era la ruleta rusa.

--- Todo lo que sé,lo escribí en el informe. Ha leído mi informe y se ha enterado de que son personas, por lo que está más informado que yo. Todavía no he podido formarme una opinión al respecto.

--- El "Viejo" me mostró su informe. Y las investigaciones que había hecho.Te traje una copia de todo.

Audrey se levantó del sofá, caminó hacia el escritorio de "Big" y abrió su carpeta de vendedor. Colocó una pila de papeles sobre el escritorio de Kostler. En la portada, un sello de "Confidencial".

Eso era muy parecido al "Viejo". Un subordinado podría llenar la mesa con papeles o despedirlo por teléfono.

--- Siempre pensé que solo llevabas cerveza en la maleta, Terry.

Terry Audrey se acercó a la ventana. Necesitaba respirar aire fresco. La vista del Río Amstel era hermosa.

--- El "Viejo" leyó todo este papeleo y se deprimió, Big. ¡Mansfield deprimido! ¿Te imaginas al "Viejo" deprimido? Quiere que vigiles a estos perfumistas.

--- Voy a leer todo este papeleo con mucho cuidado, Terry. Pero, en definitiva, ¿qué deprimía al "Viejo"? Y tú también pareces estar deprimido. Entonces, estoy empezando a preocuparme. ¿Qué encontraron?

Audrey se volvió hacia Kostler, de espaldas a la ventana.

--- El "Viejo" hizo investigar a sus amigos de la perfumería. No esperaba encontrar mucho. Pero como dijiste que el Comisionado sospechaba de ellos, el también quería echarles un vistazo. Comenzó con lo más fácil. Las dos secretarias, procedentes de Cape Colony y Canadá, hijas de oficiales ingleses. Hay copias de los archivos de sus padres, que le envió el "Viejo".

Kostler miró los papeles. Dos fajos de notas, con los expedientes de dos oficiales ingleses. A primera vista, especímenes.

--- Está todo ahí. Teniente John Dalshin, Infantería. Capitán John Falsburg, Intendente. Se casaron en Cape Colony, con dos hijas de granjeros. Y cada pareja tenía una hija única, llamados Jill y Kelly, respectivamente. Fueron trasladados a Canadá al mismo tiempo. Quedaron viudos al mismo tiempo. Y murieron al mismo tiempo. El dúo John-John era idéntico en todo, incluso en sus nombres. Entonces se encendió la luz de advertencia.

--- Demasiadas coincidencias. Historias fabricadas. – Dedujo Kostler.

--- Pero fue un muy buen trabajo. Batallones, traslados, ubicaciones de unidades, ascensos, informes, todo se comprueba. Los sellos de los departamentos, las firmas de los responsables, ¡todo perfecto! Quien haya hecho esto conoce muy bien la burocracia interna del Ministerio de la Guerra, y ha seguido cada movimiento de nuestras tropas durante al menos 30 años. El dúo John-John fue casi perfecto.

--- Ese es el problema con los planes casi perfectos. "Casi".

--- El "Viejo" vio este montón de coincidencias y decidió cambiar las tornas. asustado. Él tuvo un chasquido loco. Llamó a nuestra gente, en la Embajada de Brasil, en Río de Janeiro. Y mandó a investigar a su amiga Sabrina.

El "Big Ben" disimuló bien la conmoción. No quería mostrar ningún interés especial. Pero rebuscó entre los papeles con más cuidado. Encontró dos hojas de papel mecanografiado. Un marcado contraste con las enormes fichas de John-Johns.

--- ¿Sólo eso? – Preguntó Big, sin entender.

Terry Andrey miró fijamente a Big.

--- El Gobierno Brasileño casi ni siquiera sabe que esta chica existe, pero no fue difícil saber de ella. Una linda chica que habla alemán en Río de Janeiro acaba llamando la atención. Vendía dulces de puerta en puerta y viajó hasta aquí a bordo del barco "Coburg". Encontramos la tumba de su madre. Encontramos la pensión donde vivían y hablamos con la vecina. La mujer contó todo.

Terry paseaba por la oficina, mirando las pinturas en las paredes.

--- Madre e hija huyeron de Rio Grande do Sul en una carreta después de que su casa se incendiara. La madre sabía que había sido la hija y temía que arrestaran a la hija. Por eso luchó tanto para sacar a Sabrina de Brasil. Cuando llegó a Río de Janeiro, la Sra. Helberg descubrió que tenía cáncer. Estaba corriendo contra el reloj. Trabajó como loca, se prostituyó con un abogado, lloró a escondidas, de noche,para que su hija no se diera cuenta.

Terry volvió a la ventana. Estaba visiblemente conmovido.

--- Eso es lo que hace la gente de carne y hueso, Big. Huye, miente, escóndete,llora en secreto. No encuentras eso en la carpeta del Gobierno. Esto se descubre hablando con la vecina de la pensión.

Terry rellenó su whisky.

--- Ese fue el error del dúo John-John. Hay dos "Árboles de Navidad", hermosos a la vista, pero hechos para el olvido, al fondo del archivo. Dos oficiales de nivel medio, sin grandes mandos, sin grandes hazañas. Nada que llamara la atención. Hecho a medida para ser visto e ignorado.Su gran error fue tener que compararlos con personas reales. Entonces el "Viejo" se volvió loco.

--- ¿Qué hizo el "Viejo"?

--- Mandó llamar a los veteranos de esos batallones. ¿Qué soldado no recuerda a su Capitán ya su Lugarteniente? Quería saber sobre su vida privada. ¿Bebieron mucho? ¿Jugaron a las cartas? ¿Tenían amantes en el burdel? Estos hombres habrían pasado décadas de sus vidas en nuestros cuarteles,bajo nuestro techo. Deberíamos saber todo sobre tus vicios y manías. Peleas de bar, apuestas de dinero, beber el día de tu boda,lo que sea.

--- ¿Es el resultado?

--- Cualquier cosa. Ningún veterano ha oído hablar de ninguno de los John-Johns. ¿Sabías que a Mansfield le gustan los cuentos infantiles? Su madre le leía cuentos cuando era niño. ¡Mansfield fue una vez un niño! ¿Tu lo crees? Su favorito es "Blancanieves y los Siete Enanitos". Sólo me enteré de ello en nuestra última reunión.

--- ¿En serio Terry? Entonces le gustarán los perfumistas. Tienen un enano allí. Profesor Kracory, Especialista en Artes.

--- Solo a "Viejo" le gusta más la Bruja. Es más como él. Deberías haberlo visto, Big. El "Viejo" leyó los informes de los John-John y se paró frente a un espejo afuera de su oficina. Abrió los brazos, como si fuera a volar. Juro que estaba aterrorizado.

Mientras hablaba, Terry miraba hacia la ventana, con los brazos extendidos, imitando a Mansfield.

--- Entonces, le preguntó al espejo, con voz muy profunda:"¡Espejo, espejo! ¿Hay un Maestro De Espionaje más inteligente que yo? ¿Alguien capaz de plantar estos dos

"Árboles de Navidad", llenos de adornos, en el War Office de Londres? ¿Alguien sería capaz de hacer algo así, para cubrir a dos empleadas, en una tienda en Amsterdam? Y si alguien pudiera hacer eso por dos subordinadas, imagina lo que no harían para crear un Comandante de la Marina de los EE. UU., una Condesa, una miembro de la Nobleza Rusa, un Detective ciego, en la Policía de Nueva York, y un Profesor de Artes enano, en la Suiza? ¡Espejo, espejo mío! ¿Hay otro espía más loco que yo?"

Terry hizo una pausa para mirar a Big y agregó:

--- ¿Sabes lo que respondió su espejo? "¡Síii!" Por eso Mansfield está deprimido, Big. El "Viejo" es muy sensible.

"Big Ben" Kostler no podía dejar de reírse de la actuación de su amigo.

--- Terry, Terry, ¿has pensado alguna vez en unirte al Teatro?

Se rieron juntos, como en los viejos tiempos de las borracheras homéricas.

Luego se hizo el silencio. Ambos escalando la gravedad de la situación.

La Oficina de Guerra de Londres era uno de los lugares mejor vigilados del mundo. Desde allí se comandaba un ejército, cuyos soldados defendían el imperio más grande que el mundo haya visto jamás. El Imperio Británico, donde sol nunca se pone.

Cualquiera que hubiera logrado entrar allí y plantar dos "Árboles de Navidad", la jerga para documentos falsos, podría ser capaz de cualquier cosa.

Y el hecho de que había hecho esto para proteger a dos, aparentemente, simples empleadas, hizo que la situación fuera aún más aterradora. ¿Qué más podía hacer para encubrir a los demás?

--- ¿Qué quiere Mansfield que hagamos? – Preguntó "Big Ben".

--- Debes vigilar a los perfumistas.Invita a las chicas a salir y muéstrales algunas fotos. Ver si reconocen a sus propios padres, sus propios hogares, cosas así. Mezcle las fotos y vea si confunden a los John-Johns.

--- No reconocer la foto del propio padre sería raro. Pero tenemos un problema. Oficialmente, solo soy un agregado de la Embajada. No podría haber tenido acceso al material del MI6 a menos que fuera un espía.

--- Es cierto. Serías deportado. Mansfield se enojó tanto que ni siquiera pensó en ello.

--- Puedo mantener un ojo en ellos. Pero si mostrara fotos, tendría que explicar cómo las obtuve. El Comisionado Hinca sabe que soy un espía. Como somos amigos, hace la vista gorda. Pero si me paso de la raya,no me cubrirá.Entre nuestra amistad y su deber como Oficial de Policía, su elección es fácil. No puedo avergonzarte.

--- Mansfield ya ha llamado a nuestra gente. En América, Rusia y Suiza. Deberíamos tener noticias pronto.

--- Para hablar con Jill y Kelly,tendremos que esperar unos días. La gente salió a visitar a un productor de perfumes. Solo quedaron Sabrina y Chayse, el detective ciego. Los otros tomaron un barco a Gotemburgo, Suecia. Desde allí, toma un tren a Estocolmo. Y otro barco, a San Petersburgo, de allí, un barco que baja por el río Dniéper, a Kiiv.

Terry se rió.

--- ¿Saben que eres un agente inglés, Big?

--- Casi seguro que sí.

--- ¿No te pareció extraño que te dieran todo su itinerario de viaje? Podrías advertir a los suecos oa los rusos.

Kostler asintió con la cabeza:

--- Es una manzana envenenada. Hubiera preferido no haberlo sabido. Si le advierto a alguien, tendré que revelar que soy un espía y seré deportado de Holanda. Si no adviertes a nadie, me convertiré en su cómplice si los atrapan en el futuro.Me han visto

acercarme a Sabrina y me quieren en sus manos.
--- Para acusarlos de espionaje, primero tenemos que saber para quién trabajan.
¿Alguna idea de quién envió a esta gente? ¿Los alemanes? ¿Los franceses? Rusos,
Austriacos...
--- No tengo idea. Solo preguntando el "espejo, espejito" de Mansfield.
--- ¿Cuánto tiempo planean irse? – Preguntó Audrey.
--- Espere volver en una semana. Es un viaje complicado en tiempos de guerra. ¿Qué
estás pensando, Terry?
--- Cuanto menos sepas, mejor, Big. Solo cuida de tu amiga Sabrina.

XXXXXXXXXXXXXXXXXXXXXXXXXXXXXXXXXXXXXXXXXXXXXXXXXXX

--- ¿Estás seguro de que nos van a asaltar? - Preguntó Sabrina, tendiendo otra trampa.
--- Certeza absoluta. - Respondió Chayse, abriendo otra caja.
--- ¿Y cómo puedes estar seguro de que será esta noche?
--- Por la ventana de tiempo que le dimos a Kostler. Una semana. Si hubieran atacado
ayer, en la primera noche, habría sido bastante obvio. Pero hoy, en la segunda noche,
los invasores podrán decir que observaron el movimiento de la tienda durante dos días.
Vieron una hermosa perfumería, con solo un anciano ciego y una mujer. El sueño de
todo ladrón.
--- Pero cerramos la tienda y pusimos un cartel de "Cerrado Por Saldo".
--- Para evitar que verdaderos matones vengan a visitarnos. Solo Kostler sabe que los
demás no están aquí.
--- Si yo sé que "Big" está tramando algo...
        Chaise se rió.
--- Ah, no. Solo informará a sus jefes del MI6. Tus amigos prepararán el falso robo. Él
será el último en enterarse. El hecho de que él se involucre contigo tampoco te hace
más digno de confianza para ellos.
--- ¿Pero no se verá raro? Si fuera un viaje de negocios, los dueños deberían ir. Tal vez
Kracory, para ver las etiquetas. Pero llevarse a las dos oficinistas, ¿no lo sospechará el
Comisario Hinca?
        Chayse amplió su sonrisa.
--- Fue precaución de la Condesa sacarlos a ambos de aquí. Estaban muy expuestas.
Sus supuestas historias terranas, las hijas de oficiales ingleses, eran las más fáciles de
derribar. En vez de fingir un robo, para irrumpir en la perfumería, podrían secuestrar a
las dos en la calle. Podrían torturarlas e incluso matarlas, para averiguar para quién
trabajamos. Aquí dentro, al menos, cuando vengan a buscar un radiotransmisor,
estaremos en nuestro territorio.
        Chayse se sentó en su silla favorita.
--- Te voy a contar un secreto, Sabrina. Nuestra misión fue un desastre de planificación
desde el principio.
--- ¿Es cierto? ¿Cómo no me di cuenta de esto antes? – Se rió burlonamente el
brasileña.
--- Te hubieras divertido mucho con nuestro plan original. Volaríamos sobre Londres, si
el Comandante eligiera Inglaterra, lanzaríamos 3500 robots robot por toda la ciudad y
exigiríamos que nos entregaran el antídoto. Simples así. Para mejorar el plan, todavía
teníamos un químico corrupto, que quería liberar gases venenosos sobre la ciudad.
--- Robots Android. Una vez vi algo similar. Estaba afuera de una tienda de juguetes.

Un tipo vestido con un traje de hojalata atraería a los niños. Pero era un actor desempleado que ganaba un chelín al día.

--- Los nuestros son reales. Son máquinas con forma humana,cabeza,brazos y piernas. Están controlados por ondas de radio de un tipo especial.

--- Si son solo máquinas, ¿por qué la forma humana?

--- Para facilitar la comunicación con los humanos. Para entender lo que es "atrapar", necesita tener manos. Para "andar" debe tener piernas y pies, y así sucesivamente.

Sabrina pensó por un momento.

--- Los niños no tenían miedo del Hombre de hojalata en la tienda de juguetes. Por lo contrario.Los niños se burlaron de él,lo agarraron...fue un chelín ganado heroicamente.

Los dos se rieron y Sabrina agregó:

--- Si los ingleses hubieran hecho como los niños, y masacrado a tus androides,podrías haber sido linchado por la gente de Londres.

--- Eso fue "Caliente", Sabrina. "Hervido" por completo. - Dijo Chayse, recordando el juego favorito de la niña,tratando de adivinar cosas. Si estuviera cerca,sería "Caliente". Si estuviera lejos, sería "Frío". --- Pero no teníamos muchas opciones, nuestra única opción era cambiar las coordenadas del lugar de aterrizaje y sumergirnos en el fondo del Mar del Norte.

--- ¿Única opción? ¿Y si fueran a algún lugar remoto, en el Área Rural?

--- Las escotillas de Arkonak se desbloquearían automáticamente. Los androides desembarcarían de la nave y...

--- ... y comienza una cacería de zorros en las granjas inglesas. Y tendrían que esconder una nave de 171 metros. Sería difícil encontrar graneros de ese tamaño. Sí, supongo que no te invitarían al té de las cinco. Mientras que, si la nave espacial fuera al fondo del mar...

--- La presión del agua impediría que las puertas se desbloquearan. Y los robots permanecerían en sus lugares.

--- ¿Cómo te involucraste en tal misión, Chayse? ¿Cómo planeas una misión así? ¿Invadir una ciudad, esclavizar a millones de personas y exigir cosas? Y ni siquiera necesitas ser un genio militar para darte cuenta de que no eres el grupo más apropiado para invadir ciudades. ¿Cómo alguien pensó que tal plan podría funcionar?

Chaise sonrió.

--- Concluiste todo esto, precisamente, porque no te autoproclamaste "genio militar". No está cegada por el orgullo, la arrogancia, la ambición. No se deja deslumbrar por una falsa sensación de poder. No crees que todos tus planes son infalibles, solo porque otros son basura, y tú eres la Señora de la Verdad. ¿Cómo se puede mandar a ciegos, enanos, mujeres y máquinas a esclavizar multitudes?

Chayse pensó:

--- La respuesta es simple. Enciérrate en un gabinete de lujo, pintado de oro, rodeado de aduladores, y pierde de vista la realidad, desprecia todo lo que sea diferente a ti, oa tus deseos. Ahí tienes la receta para un plan infalible. Envía un equipo basura para apoderarse de un planeta basura. El plan me parece perfecto,porque la basura acabará llevándose bien con la basura, y al final, terminarás consiguiendo todo lo que quieras. Porque te crees un "genio".

--- Tú, del Futuro del Universo, no has cambiado nada. Simplemente cambiaron su dirección y folleto en la pared.

--- Ah, hemos cambiado, sí. Inventamos más artilugios para hacer estupideces.

--- Ahora sí, entiendo. Te enviaron a una misión suicida porque eras prescindible.

Vinisteis porque sois idealistas, y sabéis que el antídoto es fundamental. Pero quien los
envió pensó que los gases venenosos no son tan serios. Los enviaron solo para parecer
benefactores. Era solo una campaña de propaganda.
--- Exactamente.
--- Si hubieras intentado dominar la ciudad, y hubieras muerto, la incompetencia
hubiera sido tuya. Pero abortaste la misión, sobreviviste y denunciaste a los
planificadores. Ahora tienen que salvarte, mantener las apariencias, si no regresas,será
un escándalo político.
--- Ya vi que tú, en 1915, ya sabías todo sobre los políticos de la Federación
Intergaláctica.
--- Todo lo aprendí de los concejales y del alcalde del interior de Brasil. Un grupo de
estafadores y engañadores. Bien, he terminado las trampas.
--- Estupendo. Ahora, esperemos a nuestros visitantes nocturnos. - Dijo Chayse,
levantándose de la silla.

xxxxxxxxxxxxxxxxxxxxxxxxxxxxxxxxxxxxxxxxxxxxxxx

Eran alrededor de las 2 am cuando alguien comenzó a forzar la cerradura de
la puerta de Maison Arkonak.
La cerradura cedió, tras unos precisos movimientos, y los invasores entraron
en la perfumería.
Aproximadamente media hora después, sonó el teléfono de la casa de Hubert
Hinca. Era del Cuartel General.
--- Comisionado, - Dijo el trabajador de guardia, --- intentaron invadir la perfumería,
justo ahora. Mandaste a advertirle, de cualquier cosa extraña allí.
--- Rodea el lugar. No hagas nada antes de que yo llegue. Voy directamente allí. –
Respondió el Comisario, saltando de la cama y vistiéndose lo más rápido que pudo.
--- ¿Sucedió algo? – Preguntó la esposa adormilada.
--- Intentaron irrumpir en Maison Arkonak. - Respondió.
--- Ah, los perfumistas. - Dijo la mujer, volviendo a dormir.
--- Lo que me preocupa es el verbo "intentar".
Hinca pidió un coche, lo estacionó en la calle y una hora más tarde estaba en
el Número 469 de Herengracht, en la acera de Maison Arkonak Rhugen.
Había un grupo de unos 20 curiosos, en la puerta de la perfumería, siendo
impedido de acercarse por un policía. La mayoría eran vecinos, despertados a esas
horas de la madrugada por los gritos de auxilio.
El Comisario se abrió paso entre la multitud hasta la entrada de la Maison.
Y vio la escena más extraña que jamás había presenciado.
Tres hombres encapuchados, vestidos con ropa negra y guantes, estaban
tendidos en el suelo. Cubierto de polvo blanco... ¡y arañas!
Hinca respiró hondo. ¿Por qué no podía sorprenderse?
--- Mico polvo y arañas. Todo el cuerpo arde y pica. Pero si se mueven, las arañas
pican. Solo había una solución: gritar pidiendo ayuda y pedir ayuda a la Policía.
Un policía hizo un movimiento para ayudar a los tres hombres. Hinca lo
detuvo.
--- No, aún no. En 30 años con la policía, es la primera vez que me llaman para ayudar
a los delincuentes. Déjalos como están. Todavía estamos evaluando la situación. No
podemos alterar la escena del crimen. Y parece que se llevan muy bien con sus nuevos

amigos. Y no son una especie venenosa. Si lo fueran, estos tipos ya estarían muertos.

Los tres invasores habían dejado de gritar. Los movimientos de los labios habían acercado a las arañas a sus bocas.

Cerca de los invasores, había dos cajas de herramientas. El Comisario abrió ambos. El contenido lo asombró.

El ruido del bastón de Chayse e las escaleras anunció que bajaba,acompañado por Sabrina.

El Comisario Hinca sonrió.

--- Ah, mi viejo amigo Chayse, el Gerente de Perfumería más famoso de Amsterdam. Y una de tus alumnas.

--- Tenemos los mejores perfumes del mercado.

--- ¿No escuchaste ningún ruido? Estos hombres han estado aquí,gritando,durante casi dos horas.

--- Hemos estado trabajando hasta altas horas de la noche, Comisionado. Llegamos tarde a dormir, incluso escuchamos algunos ruidos, pero pensamos que era en la calle, o en los vecinos. ¿Qué está pasando?

Hinca escuchó la llegada del coche de policía en la calle. Se volvió hacia la policía.

--- Ya llega. Ahora pueden recopilar estos temas. Sé que fue amor a primera vista.Pero el Sr. Chayse son chicas de familia. No queremos que tengan una mala reputación.

--- Es muy amable de su parte, Comisionado. – Chaise sonrió.

--- Antes de que preguntes, son una especie no venenosa. Se utilizan para polinizar plantas en regiones tropicales. Llevan polen en sus pies.

--- Ya me había dado cuenta. Su negocio no es el asesinato. Si lo fuera, podrías haber disparado a estos tipos a quemarropa. Sería en Defensa Propia. Los inmovilizaste para que pudiéramos capturarlos. Quieren disuadir nuevos intentos, lo que significa que los esperan. Interesante.

Hinca se volvió hacia los tres hombres, esposados y retorciéndose en el polvo de tamarindo, que se dirigían al coche patrulla.

--- ¿Acabas de ver esto? Tenían una clase de Botánica y Modales aquí en Holanda. Puedes poner eso en tu informe.Y dile a tus jefes que te estaremos esperando para que regreses.

El Comisario Hinca estaba especialmente irritado. No le gustaba la idea de que lo sacaran a rastras de la cama en medio de la noche para ayudar a los malos en problemas.

--- Estos muchachos tendrán que darse una ducha fría, con un trapeador grueso, antes de poder dar su testimonio. Pero, ¿dónde estaba yo realmente? Oh Sr. Chayse. ¿Quiere presentar una denuncia formal, por allanamiento de morada?

--- No hay necesidad. No se llevaron nada.

Hinca sonrió.

--- ¿Cómo puedes saber eso? ¿No estabas durmiendo? ¿No necesitas inspeccionar la tienda?

Sabrina intervino.

--- Fue la primera pregunta que me hizo,apenas abrió los ojos.Te respondí que encerré toda nuestra mercancía en el almacén. El Sr. Chayse está tomando mi palabra. Pero si notamos que falta algo, podemos presentar una queja más tarde.

--- Usted es una empleada formidable, Señorita Sabrina. No hay quejas, no hay caso.

El Comisario sacó su libreta del bolsillo. Asumió la postura de un burócrata

forzado. Conocí a un empleado así, un tipo detestable.
--- Sin embargo, detendré a estos tipos. "Desorden de Orden", para despertar al barrio en medio de la noche. Y como están haciendo poses lascivas en público, también los acusaré de "Ataque Indecente". Solo podemos investigar la sospecha de que rodaron accidentalmente en el polvo de tamarindo mañana por la tarde. Por lo tanto,tendré que tomar las declaraciones de ustedes dos, como locales.
--- Siempre es un placer cooperar con la Policía, Comisionado. - Dijo Chayse, sonriendo mucho ante la maldad de Hinca.
--- Muy bien. Vamos a empezar. Según la observación de la ubicación, veo que los sujetos rompieron la cerradura de la puerta de la tienda y entraron. Mientras movían la puerta, una caja de polvo picante, que estaba encima de la puerta, se vertía encima de ellos. ¿Por qué pusieron el polvo encima de la puerta? ¿Esperaban ser invadidos?
--- Un anciano ciego, una mujer y una perfumería. Somos presa fácil. Era solo una medida de seguridad.
--- Entiendo.Entonces los sujetos comenzaron a retorcerse de picazón y tropezaron con una cuerda, tendida en medio de la tienda. Con eso, se tiraron al suelo, y otra caja,con las arañas, cayó encima de ellos. Como todo esto sucedió en la oscuridad, debe haber sido bastante aterrador. No vieron nada,solo sintieron las patas caminando sobre ellos. Aprendió técnicas de tortura en la Policía de Nueva York, el Sr. ¿Chayse?
          Sabrina intervino.
--- Fue mi culpa. Dejé las arañas en la caja aquí en la tienda para limpiar su vivero en el laboratorio. Luego terminé olvidándome de devolverlos. Fue un descuido.
          Hinca hizo un gran esfuerzo por no reírse. ¡La Familia Arkonak fue increíble!
--- ¿Donde están los otros?
--- Salió en un viaje de negocios.
--- ¿Las dos empleadas también fueron? ¿Participan en el negocio?
--- Este es un nuevo proveedor.La Condesa es muy confiada en sus opiniones.Ellas son los que atienden directamente a los clientes y conocen sus gustos.
--- Muy democrático. ¿Alguien más sabía que estarías solo aquí?
--- Creo que accidentalmente dejé caer un comentario en la cafetería. Alguien podría haber oído. - Dijo Sabrina.
--- ¿Recuerdas a alguien en particular que estuvo en la cafetería?
--- Nadie en particular.
          El Comisionado miró a Sabrina con una expresión divertida. Hinca sabía de su relación con Kostler, el agente residente del MI6 en Ámsterdam. Seguramente él era el que estaba en la cantina, y sabía el momento adecuado para el robo.
          Una cosa que tenía que reconocer. Los Arkonaks eran realmente imparciales. Acababan de proteger a un agente alemán y ahora estaban protegiendo a un agente británico. Si se mantuvieran así de neutrales, podrían solicitar la ciudadanía holandesa.
--- Ahora, a los invasores. ¿Tienes idea de por qué tres agentes del Servicio Secreto Inglés estarían interesados en tu perfumería?
          Su asombro parecía genuino.
--- ¿Agentes ingleses? ¿Está seguro de eso, Comisario?
--- Son nuestros viejos conocidos. Entran en los Países Bajos, clandestinamente, utilizando documentos falsos Hacen un trabajo sucio y se van. Si los atrapan, son deportados a Inglaterra. Después de un tiempo, vuelven de nuevo. Inglaterra dice que son bandidos comunes y niega cualquier conexión con ellos. Pero su trabajo no es comprometer los disfraces de los agentes locales. Los vamos a interrogar, pero no

conocen a nadie, y nadie los conoce a ellos. Tenga la seguridad, Señorita Sabrina. No denunciarán a su amigo, el Sr. Kostler.

       Sabrina hizo una mueca de asombro.

--- ¿Cree que el Sr. ¿Tiene Kostler algo que ver con eso? ¿Sabía que estaría aquí y enviaría a estos hombres a atacarnos?

--- No. Creo que vinieron buscando un transmisor de radio. Sus cajas de herramientas tenían equipo decodificador de radio, para violar las frecuencias de radio, y uno de los hombres es un operador de radio. Creo que querían saber quiénes son tus amigos. Luego robarían algo para que pareciera un robo. Mis preguntas son: ¿Por qué el MI6 enviaría tres agentes desde Inglaterra para averiguar los contactos de una perfumería?

       Chayse golpeó su bastón en el suelo.

--- Comisionado Hinca, ¿cómo se supone que voy a saber lo que está pasando en la mente del Servicio Secreto Inglés?

XXXXXXXXXXXXXXXXXXXXXXXXXXXXXXXXXXXXXXXXXXX

       Nada más llegar a la Embajada Británica, "Big" Kostler recibió una llamada de Terry Audrey.

       Terry resumió la situación en una sola oración.

--- El "Viejo" está deprimido, "Big". Y te deprimirás aún más.

Capítulo 3

Kiiv Pechersk Lavra

"Yo soy el alma de tu padre,
Por un tiempo, condenado a vagar en la noche."

Jeremías de la obra Hamlet de William Shakespeare.

--- ¡Aquí estamos,por fin! – Dijo Rodolfo Azteca. --- Estas son las coordenadas que me diste.

--- ¿Qué, exactamente, vinimos a buscar aquí, Profesor Kracory? – Preguntó Sonja con desconfianza.

Kracory estaba fascinado por el paisaje. Sería una imagen hermosa.

--- Señoras y señores, quiero presentarles el Monasterio Kiiv Pechersk Lavra. Lavra es un título honorífico que reconoce su importancia para toda la región de Kiev. Fue fundada en 1051, por Santo Antônio Eremita. Alcanzó su cenit antes de 1786. En ese momento, el Monasterio de Pechersk controlaba 3 ciudades, 7 pueblos, 200 aldeas, y tenía 70.000 siervos. Contaba con 11 alfarerías, 6 fundiciones, 150 destilerías, 150 molinos harineros y 200 tabernas. En 1786,el Gobierno Ruso secularizó las propiedades y tomó el control del Monasterio.

--- No era para menos. Era un Estado, dentro de un Estado.

--- Debajo de él, todavía hay más de 800 metros de cuevas, entre 5 y 15 metros de profundidad. Como estamos en 1915, encontraremos más de 1000 monjes en su interior.Y cientos de miles de peregrinos,que venían a ver las reliquias de innumerables santos que pasaron por aquí, en más de 900 años.

Rodolfo miró a Sonja, Kelly, Jill y Kracory a los ojos, uno por uno.

--- Conocer el futuro no ayuda a ocultar las emociones. Dentro de dos años, cuando lleguen los Bolcheviques, las cosas se pondrán difíciles para esta gente. Por lo tanto, evite mirarlos a los ojos o mostrar cualquier implicación. Como todos aquí tienen motivos tristes, no llamemos demasiado la atención.

--- Pero nuestro Profesor favorito todavía no ha respondido a mi pregunta. – Insistió la Condesa. --- ¿Qué estamos buscando?

El pequeño enano la miró.

--- En 1453, Constantinopla fue sitiada por los turcos. Su caída era inminente. Había una familia, de origen escandinavo,establecida en la ciudad desde hacía siglos. Era una familia muy rica, con una larga tradición en perfumería. El cabeza de familia, Bergsson, fue uno de los más grandes perfumistas de la Edad Media. Muy culto y rico, poseía una inmensa biblioteca.

--- Saber. Solo nosotros vinimos a Kiiv. – Dijo Sonia.

--- Llegaré allí. Bergsson logró escapar del asedio de la ciudad durante la noche, disfrazado de turco y utilizando un pequeño barco turco de una sola vela. Al principio pensé que se había ido a Venecia. Pero luego me di cuenta de que sería demasiado arriesgado cruzar todo el Mar Egeo. El Emperador de Bizancio había pedido ayuda a Europa, y en cualquier momento podía llegar una flota cristiana.Toda la vigilancia turca se concentraría en el Egeo.

--- Saber.

--- Recordé que tu familia era escandinava. Consideré la posibilidad de que se hubiera ido al Este, y terminé pensando en el nombre Aksu. Rio Aksu era el antiguo nombre del Río Dnieper en ese momento.

--- Bueno, suponiendo que este Bergsson hubiera subido el Dniéper en barco y llegado aquí, ¿qué pasa?

--- La Familia Bergsson se estableció en Constantinopla durante varias generaciones. ¡Eran los Reyes de la Perfumería! Y el Imperio Bizantino había controlado toda la Costa del Norte de África, desde Gibraltar hasta Arabia. Y tenía comercio con China e India. Algunos relatos dicen que la colección de libros y papiros de la Familia Bergsson, además de su riqueza, fue asombrosa para la época.

--- ¿Y crees que escapó de Constantinopla, trayendo todo esto a Kiiv? ¿Correr de incógnito en medio de la noche? ¿Y probablemente más preocupado por salvar a la familia?

--- No digo todo, pero tal vez una buena parte. No se escapó en un caballo, que sería más rápido. Huyó en un bote, donde podía llevar más peso. Ciertamente tenía amigos turcos y dinero para sobornarlos. Siendo descendiente de vikingos, conocía la ruta del Río Dnieper y debe haber tenido amigos en Kiiv.

--- Los reyes cristianos de Europa Occidental estaban en guerra unos con otros. Nadie acudió en ayuda del Imperio Bizantino.

--- Pero los turcos no podían estar seguros de eso. Tendrían que mantenerse alerta y concentrar su flota en el Mar Egeo, a la espera de un posible ataque.

--- Saliendo de Constantinopla, el Mar Negro estaría desprotegido. Y un barco turco pasaría sin llamar mucho la atención. Sería un buen plan. - Dijo Roy.

--- Voy a preguntar de nuevo. - Dijo Sonja, casi perdiendo la paciencia. ---- ¿Qué estamos buscando aquí?

--- Cualquier cosa que nos lleve a Bergsson.

      La Condesa hizo un gran esfuerzo por no explotar.

--- ¿Como asi? ¿"Algo de Bergsson"? ¿Algo de un fugitivo de hace 500 años? ¿No dijiste que este Monasterio controlaba ciudades, pueblos, 200 aldeas y cientos de fábricas y tabernas? ¿Y que tenía dinero para sobornar a funcionarios turcos? ¿Cuánto le costarían algunos de los 70.000 sirvientes?

      El pequeño enano la miró de nuevo. De hecho, los dos se miraban fijamente.

--- Pues te digo que Bergsson era un perfumista muy culto y muy rico. Es casi seguro que fue el mayor conocedor de perfumes de su época. Tuvo suficiente cultura y dinero para comprar todas las fórmulas y tratados de su tiempo. Y os digo que cuando llegó aquí, ya era un anciano. Que acababa de perder su hogar, su negocio, propiedades,casi todo. Sólo lo que quedó en ese barco. Hasta el momento, Bergsson había escapado de los turcos en un barco turco. Pero si continuaba río arriba encontraría tribus eslavas a ambos lados del río. Gente salvaje, armada con flechas incendiarias, ya las que no les gustaban los barcos turcos. Sus posibilidades estaban disminuyendo.Esa es la cuestión. Pudo haber abandonado el barco turco y huido por tierra,o en otro barco. A menos que tuviera alguna carga pesada y preciosa a bordo. Y en ese caso,un monasterio cristiano, lleno de cuevas, podría llegar en un buen momento. Si no quieres visitar Pechersk, tengo otra opción. Pero te gustará aún menos.

      Sonia sonrió. Amaba el coraje del pequeño enanito. Simplemente no podía mostrarlo.

--- Entendí. La otra opción sería buscar a todos los amigos y conocidos en el antiguo Imperio Bizantino, desde Gibraltar hasta China. No sé si las suelas de mis zapatos aguantarán todo esto. Muy bien, Profesor Kracory. Ya que estamos aquí, vamos conoce a Pechersk.

El Comandante Azteca intervino. Había escuchado cada palabra, analizando cada punto.

--- Entonces, partamos de esa teoría. Tratemos de pensar como Bergsson.

Rodolfo estudió la geografía local. Y concluyó:

--- El Monasterio está en una colina, y en la Edad Media, esto aquí sería un matorral, con muy pocas casas de servicio. Soy Bergsson, tengo una carga a bordo y necesito llevarla dentro del Monasterio. Un monasterio cristiano nunca negaría cobijo a los cristianos que huyen de los turcos. Aún más trayendo libros muy raros, y tal vez algo de dinero. Si él y su familia llegaban tan lejos, estaban a salvo. Aquí tendrían toda la ayuda que necesitaban.

--- En ese caso, las obras que logró traer estarían en la Biblioteca del Monasterio.

--- Exactamente. Esta es la Alternativa 1.

--- ¿Y la Alternativa 2?

--- Eso fue hace casi 500 años, y Pechersk ha tenido siglos muy ocupados después de eso. Ha tenido glorias y desgracias por las montañas. Sin menospreciar el valor de los libros religiosos, pero las fórmulas de los perfumes significarían dinero. En medio de la confusión, alguien podría haber robado sus libros del Monasterio.

--- Mucha gente pasaba por aquí. Algunos no tan devotos.

--- Pensando como un ladrón, una posibilidad sería sacar los libros de la Biblioteca y esconderlos en las cuevas, con la esperanza de volver por ellos más tarde.

--- Si yo fuera el ladrón, habría regresado mucho antes de cumplir 500 años.

--- Pero puede haber dejado huellas. Guardan reliquias en cuevas. Puede haber una historia, una leyenda antigua. Un ladrón siempre acaba cometiendo errores.

--- Aún queda una Alternativa 3.- Dijo Kracory.

--- ¿Cual?

--- Un incendio devastó Pechersk en 1781. Gran parte de las obras que estaban aquí fueron destruidas.

--- ¡Ay, mi Dios! – Dijo Kelly, poniendo su cara entre sus manos.

Azteca reflexionó sobre la situación.

--- Así que tuvimos un incendio. Si estaban en la biblioteca, es posible que hayan escapado, o no. Esto lo veremos. Si estaban en las cuevas, el fuego no les alcanzaba. Vamos a dividir.

xxxxxxxxxxxxxxxxxxxxxxxxxxxxxxxxxxxxxxxxxxxx

Una monja, con un niño de las manos, se mezclaba con la multitud de peregrinos. Entraron en la nave de la basílica y observaron las puertas laterales. Vieron una entreabierta que daba a un pasillo.

La niña soltó las manos de la monja y salió corriendo, con su andar de niña. La monja corrió tras él y ambos atravesaron la puerta. Encontraron una escalera que conducía al primer piso.

Hubo mucho movimiento en Pechersk ese día. Cientos de peregrinos ocuparon la Basílica, y muchos voluntarios y religiosos trabajaron en los patios y pasillos. También, en el 1er Piso, varias personas circulaban por los pasillos, conversando con los sacerdotes.

Un portón de rejilla, con cadena y candado, bloqueaba la escalera al 2° Piso, donde se ubicaba la Biblioteca. Allí, el acceso estaba restringido.

        Sin dificultad, la monja deslizó unas pinzas y rompió la cerradura. Ingresó rápidamente, cerrando la puerta detrás de él.
        Subieron las escaleras hasta el pasillo del Segundo Piso. La Biblioteca estaba allí, cerrada.
--- ¿Quieres algo? – Preguntó un monje anciano, de pie en el pasillo, en ruso.
--- Soy Monja Sonja, del Monasterio de San Petersburgo. Este niño apareció allí, hablando ucraniano. Pero no pudo decir quiénes son sus padres. Tal vez la Biblioteca tenga alguna pista sobre tu familia.
        El Monje miró directamente a la cara del niño, cuya cabeza estaba cubierta por una capucha.
--- Puedes dejar de mentir. Eres demasiado viejo y arrugado para pasar por un niño. Tienes casi mi edad.
--- Entonces, basta de hablar. - Dijo Sonja, sacando una pistola de dentro de su sotana, y apuntándola al monje. --- Abre la puerta de la biblioteca de inmediato.
        El Monje sonrió irónicamente,sacó las llaves de su bolsillo y abrió la Biblioteca.
--- Llegó tarde. Tus amigos ya han estado aquí, usando armas mucho más grandes.
--- ¿Nuestros amigos? – Preguntó Kracory, entrando, quitándose la capucha de la cabeza y cerrando la puerta.
--- No hay necesidad de fingir. En un monasterio con tanto oro esparcido, ¿quién robaría una biblioteca? Sólo la Policía Zarista, del Programa de Rusificación. Buscando libros en ucraniano. Simplemente no entiendo por qué usaron disfraces. Por lo general, apuntas con armas y derribas puertas. Es mas rapido.
        Sonja y Kracory se miraron. El engaño se formó. Pero deshacerlo sería demasiado peligroso. El Monje podría advertir a la Policía Zarista de verdad. Por cierto, el propio Monje podría ser un agente pro-ruso,pro-alemán o pro-separatista.En Ucrania en 1915, cualquiera podía ser cualquier cosa, o varias cosas, al mismo tiempo.
        La Condesa decidió improvisar.
--- Estamos en una misión especial. Hemos recibido información de un complot para matar al Zar.
--- ¿Y los conspiradores están aquí, en Pechesk? ¿Escondida aquí, en la biblioteca?
--- Los conspiradores dejaron un libro secreto aquí.
        El Monje se echó a reír.
--- Les aconsejo que no intenten hacerse pasar por policías zaristas. No tienes idea de cómo funciona OKHRANA. Tus disfraces son ridículos.
        El Monje se levantó y se estiró.
--- Si quieres matarme, dispara de inmediato. Quien luche contra los verdaderos zares no tendrá miedo de dos títeres como tú.
--- ¿Somos tan malos? – Se rió Sonja, todavía con la pistola en la mano, apuntando al Monje.
--- No se imagina cuánto, Señora. Si los zaristas sospechaban de algún libro prohibido, enviaban una fuerza de al menos 10 hombres. Mientras me torturaban en una silla, los soldados destrozaban toda la biblioteca de arriba abajo. En ese momento, todas las estanterías estarían en el suelo.
        El Monje los miró a los dos. Especialmente Sonja, que le apuntó con el arma.
--- Hablas un poco de ruso y ucraniano. Pero no lo son.Y no tienen idea de en lo que se están metiendo. Voy a contar hasta "tres",para que me digas quién eres y qué quieres. Después de eso, saldré por esa puerta y buscaré policías rusos de verdad. Les diré que sois agentes alemanes. Como la mayoría de ellos nunca han visto a un alemán, lo

creerán. Apuesto a que no aguantas ni dos días en sus mazmorras.

El Monje miró la pistola.

--- Ah, si quieres matarme por la espalda, siéntete libre. He dicho mis oraciones por hoy.

--- ¿No tienes miedo de morir? - Preguntó Kracory.

El Monje miró al pequeño enano.

--- De verdad, no conoces Ucrania. Comenzando la cuenta: Uno.

Sonja guardó la pistola.

--- No podemos decirle quiénes somos.

--- Dos.

--- Pero podemos decirle lo que estamos buscando. Antídotos contra armas químicas. Gases venenosos. Muchas vidas dependen de nosotros.

El Monje los miró a los dos. Esta vez, dijeron la verdad.

--- ¿Y crees que tenemos ese tipo de cosas, aquí en Pechersk?

--- Tal vez lo hacen, y no lo saben. – Dijo Sonia.

--- Soy lo Profesor Kracory y ella es mi Asistente Sonja. Estamos buscando un libro, o libros, no sabemos cuántos.

--- Soy el Monje Kroski. Monje Benés Kroski. - Dijo el religioso, sentándose en su silla.

--- Tus acentos... hablas bien ucraniano,pero no eres ucraniano. Casi me engaña como rusa, pero no es rusa. Sabemos todo sobre los rusos. Escuché que muchos eslavos emigraron a América.

--- También escuchamos. – Dijo Sonia.

El Monje se cruzó de brazos.

--- No quieren decir de dónde son, son duros. Voy a suponer que son americanos ¿Qué vinieron a buscar exactamente?

--- Manuscritos y pergaminos,tal vez.Fueron traídos por un bizantino llamado Bergsson en 1453, cuando los turcos tomaron Constantinopla.

Monje Kroski los miró con total incredulidad.

--- ¿Estás bromeando, o estás completamente loco? ¿Tienes alguna idea del mundo miserable en el que vivimos hoy, aquí y ahora? ¿Viniste aquí, armas en mano, para desenterrar una desgracia de casi 500 años? ¿Te imaginas cuántas desgracias están pasando ahora mismo, justo delante de tus narices?

xxxxxxxxxxxxxxxxxxxxxxxxxxxxxxxxxxxxxxxxxxxxxxxxxx

Un monje y una novicia siguieron al grupo por las escaleras de piedra que conducían a las cuevas. Evitaban hablar, incluso entre ellos, comunicándose sólo por señas.

Pronto vieron que los pasillos de las cuevas eran muy estrechos. El paso de dos personas, uno subiendo y otro bajando, era muy estrecho. Fue una experiencia realmente claustrofóbica.

Aún quedaría el tema de la humedad. Los papeles y papiros no podían permanecer en el interior por mucho tiempo. Debería haber suficiente ventilación para los visitantes, pero una biblioteca necesitaría un lugar mucho más aireado.

Teniendo en cuenta la situación política, los libros podrían haber sido confiscados por los rusos o otro invasor. Podrían haberse moldeado, incluso desaparecido. O simplemente han sido destruidos, otra posibilidad no remota.

Definitivamente,los papeles de Bergsson ya no estaban en las cuevas.Si alguna vez lo fueron.

El monje y la novicia rezaron unas oraciones, frente a unas reliquias, y empezaron a subir las escaleras, hacia la salida.

Ya podían ver el reflejo del Sol en lo alto de las escaleras, cuando sintieron objetos afilados en sus espaldas.

Un joven habló, en voz baja, algo que no entendieron. Pero ni siquiera necesitaban entender ucraniano para saber que estaban siendo secuestrados.

Por el rabillo del ojo, el monje vio que eran dos niños, de unos 20 años cada uno. Uno estaba de espaldas. El otro, en la espalda dela novicia.

Continuaron subiendo las escaleras y saliendo de las cuevas.

Afuera, un pelotón del Ejército Ruso buscaba en las salidas. El monje y la novicia recibieron saludos religiosos de los soldados, y éstos respondieron. Sus dos compañeros se taparon el rostro y también saludaron. Así escaparon de la revista.

Los cuatro fueron a la parte trasera del Monasterio. Entraron por una puerta y alguien les vendó los ojos. Siguieron con los ojos vendados a través de una serie de puertas y pasillos, hasta llegar a una escalera de piedra, que debía dar acceso a otra cueva.

Lo sintieron cuando los empujaron a dos sillas y los ataron.

Se quitaron las vendas de los ojos y pudieron ver la nueva cueva.

Era mucho más ancha que las anteriores. Era una sala muy grande, con algo de iluminación natural,lo que significaba que tendría algo de aire libre, posiblemente en la azotea del Monasterio.

Habría unos 20 hombres y 3 mujeres en la cueva, todos armados.

Uno de los jóvenes que los había secuestrado levantó la sotana del monje, mostrando que calzaba botas militares. Levantó la sotana de la novicia y le mostró que ella también llevaba botas. Los registraron a ambos, pero no encontraron armas en ellos. Al menos, nada de lo que, en 1915, se reconoció como "arma".

El chico hizo gestos, mostrando que los dos se comunicaban por extrañas señales, dentro de la cueva.

El grupo no apartó los ojos de los dos prisioneros. El jefe hizo algunas preguntas en ucraniano y luego en ruso. Ninguno de los dos entendió nada.

Después de todo, el falso monje Rodolfo Azteca se rió:

--- No creo que hayamos tenido éxito aquí en Ucrania.

Kelly, la falsa novicia, también se rió.

--- No creo que estos brutos hayan usado perfume alguna vez en su vida.

Los dos se rieron mucho. El líder del grupo también se rió.

--- Entonces, hablas inglés. Pero no son ingleses. Americanos?

--- Yo soy de Texas, ella es de Ohio. Sabe?

--- No, pero explica los acentos. ¿Qué viniste a hacer a Ucrania?

--- Turismo. América es un país neutral.

El hombre se rió. Era alto, de unos 45 años, vestía uniforme de Coronel del Ejército. Los demás vestían ropa de civil.

--- Neutralidad. Debe ser una palabra bonita, en América. Pero eso no existe, aquí en Ucrania. Aquí todos tienen un lado. Y arriesgan sus vidas todos los días por él. O son pro-rusos, o pro-alemanes, o pro-Ucrania. Como nosotros. Somos los Leones de Ucrania.

Capítulo 4

"¿Hay Algo Que Quieras Decirme?"

"Tu memoria es un monstruo.
Ella es invocada por su propia voluntad.
Crees que tienes memoria.
Pero ella es la que te tiene a ti."

John Irving, escritor estadounidense.

--- Monje,¿puedo hablar un momento con mi asistente? –Preguntó el pequeño enanito.
Kroski empezaba a disfrutar de la situación.
--- Póngase cómodo, Profesor Kracory. Tengo todo el tiempo del mundo.
Kracoy se acercó a Sonja, que seguía vigilando al monje.
--- ¡Ese monje es un completo idiota! - Susurró suavemente. --- Cree haber visto
desgracias, con la Rusificación Zarista. Sólo dentro de dos años llegarán los
Bolcheviques. El Monasterio será un museo antirreligioso y los monjes serán enviados
a Gulags en Siberia. Todavía experimentarán el Exterminio por Hambre del Holodomor
y conocerán a Stalin y Hitler. Cuando los nazis lleguen a Kiiv, los rusos dinamitarán el
Monasterio. ¿Cómo le voy a explicar esto a un idiota que se cree Dueño de la Verdad?
--- No puedes llamarlo idiota. Necesitamos la ayuda de este idiota para encontrar el
libro, en medio de esta Babilonia de papeles. Así que vuelve allí y encuentra la manera
de conseguir la ayuda de este idiota.
--- Conté la palabra "idiota" cinco veces. El Sr. debe aceptar la guía de su asistente,
que se parece más a su jefe.
--- Estamos hablando del libro "El Idiota", de Dostoievski.
--- Buena tentativa. La Literatura Rusa está en el primer estante a la derecha.
--- Muy bueno saberlo. Otro dia, quien sabe.
Monje Kroski los miró a ambos.
--- Está claro que tú sabes cosas que yo no. ¿Hay algo que quieras decirme?
--- ¡No! – Respondieron los dos al mismo tiempo.
--- Entonces, ¿por qué debería ayudarlos a cumplir su misión?¿Miles de vidas dependen
de ti? ¿No tienes miedo de fracasar sin mi ayuda?
Sonja se hizo cargo de la situación.
--- Monje Benés, entiendo en qué mundo vives. Para ti, sería normal que te
torturáramos y te matáramos. Quema tu biblioteca y podremos conseguir todo lo que
queramos, por la fuerza. Y no te equivocas. Tal vez todavía veas venir ese día. Pero no
hoy, no para nosotros. No saldremos de aquí, con tu sangre y la de tus hermanos, en
nuestras manos. Si hubieras reaccionado, te habría disparado en los pies, para
retrasarte y darnos tiempo de huir. Nunca te dispararía en la cabeza. Sea lo que sea
que nos depare el futuro, no seremos sus instrumentos. Si tenemos que fallar por esto,
fallaremos. La vida es así. No siempre puedes ganar.
El monje bibliotecario los miró a ambos. Finalmente,se levantó de su silla y se
dirigió a un pasillo.
--- Muy bien. No quiero que me golpeen los pies antes de que huya. Te mostraré algo.
Recorrieron un pasillo, entre las estanterías. El monje los llevó a una
habitación separada, llena de libros muy antiguos.

--- Bergsson de Constantinopla fue, además de comerciante, también estudiante de perfumería. Tuviste suerte. Escribió en latín. Los rusos no se los llevaron porque solo buscaban libros en ucraniano. Los libros en latín no valían nada para los ignorantes semianalfabetos. Su "Tratado sobre la perfumería", una enorme enciclopedia de 10 volúmenes con casi 1000 páginas cada uno, fue una de las pérdidas más sentidas del incendio de 1781.

La decepción de Kracory y Sonja fue real. ¡Una joya como las que se pierden en un incendio!

--- Pero, - Agregó el Monje, --- Bergsson tenía un discípulo, aquí en el Monasterio. El Monje Andrey Drominitj vivía en el momento del incendio.Pudo estudiar la obra original de Bergsson, y escribiendo su propia obra,casi una actualización de la obra de su ídolo. Cuando ocurrió el incendio en el Monasterio, Drominitj estaba de viaje y se había llevado consigo sus originales. En 1782, un año después del incendio, Monje Andrey publicó su libro, para ayudar en los trabajos de reconstrucción.

Kroski tomó dos grandes volúmenes polvorientos del fondo de un estante.

--- Y ahí está tu suerte. Si Drominitj hubiera escrito en ucraniano, los rusos habrían quemado sus libros. Pero iba a ser vendido en Europa. Así que también escribió en Latín. Así que estos sobrevivieron. Aquí están los dos volúmenes de Monje Andrey. No son las 10.000 páginas de Bergsson. Andrey condensó, amplió, actualizó y terminó llegando a las 2000 páginas.

--- Seguro que hizo un trabajo extraordinario, Monje Benés.

--- Este libro es una herencia del pueblo ucraniano. Pero creo que en el futuro, los ucranianos no se preocuparán demasiado por la perfumería. ¿No es?

Sonja y Kracory se miraron. Kracory respondió:

--- La gloria de los cosacos se defenderá de otras formas. Pero este libro cumplirá su propósito original, ayudar a preservar la Historia de Ucrania.

--- ¿Y no me quieres decir cómo?

--- No. – Respondieron Sonja y Kracory al mismo tiempo.

Había silencio. Después de todo, decidió Monje Kroski.

--- Entonces, considere esto como un regalo del pueblo ucraniano. Sois los primeros extranjeros que entran aquí, dispuestos a fallar, frente a un monje desarmado. Definitivamente, no sois rusos.

Los dos se abrazaron efusivamente a Monje Benés Kroski. Sabían que era una despedida.

--- ¡Ahora salid de aquí,Perfumistas! - Dijo el Monje,con voz ahogada. ---- Hay muchos rusos ahí abajo,y no van a fallar. Y si alguno de ellos lo es,será fusilado sumariamente.

Kracory envolvió los libros con fuerza en una tela.

--- Yo me ocupo de los libros. – Dijo el pequeño enanito. ---- Prefiero que mantengas tus manos libres, así podemos abrir el camino y salir de aquí.

Sonja de acuerdo, viendo el peso y la dificultad de los paquetes.

--- Entonces quédate justo detrás de mí. - Ella dijo.

Pensaron en comenzar a bajar las escaleras, pero escucharon soldados rusos abajo. Sonja decidió.

--- Ellos no están detrás de nosotros. Descubre los libros, déjalos expuestos, son importantes para nosotros, no para ellos.

Kracory se quitó la tela y bajó las escaleras, cargando los libros.

Bajaron al primer piso y encontraron a un grupo de soldados registrando personas.

La monja falsa se dirigió al oficial a cargo, en ruso.

--- Vine a buscar unos libros de perfumería, para llevar a San Petersburgo. Este enano está creado, Sasha. el es mudo

El oficial abrió el libro y hojeó algunas páginas. Ni la Perfumería ni el Latín parecían interesarle.

--- Puede ir.

Esta misma operación se repitió tres veces más, con tres oficiales diferentes. Los perfumes, en San Petersburgo, significaban las damas de la Corte del Zar y sus aduladores. Ningún oficial quería discutir con una monja sobre libros de perfumería en Latín.

Llegaron al punto de encuentro, donde Jill los estaba esperando. Kracory estaba exhausto. ¡Había llevado esas rocas más de una milla,con solo paradas rápidas! Dejó los libros a un lado y se tumbó en el suelo.

--- ¿Por qué me llamaste Sacha? ¡Sasha era un nombre común entre los sirvientes! ¡Y hasta dijo que yo era tonto!

--- ¿Prefieres que te llame Profesor Reinhardt? Aquí, Reinhardt es un nombre alemán y los profesores son intelectuales subversivos. Y los mudos no discuten de política ni responden preguntas.

--- ¿Qué está pasando en el Monasterio? - Preguntó Jill,poniendo los libros en una caja.

--- Están buscando a un grupo de la Resistencia Ucraniana, llamados "Leones de Kiiv". Los soldados vieron a dos de ellos secuestrar a un monje y novicia en las cuevas.

--- Deben ser el Comandante y Kelly. Intento comunicarme con ellos, pero no responden. - Dijo Jill.

Kracory recuperó parte de su fuerza y coraje.

--- Deben estar en problemas. Tenemos que volver allí y rescatarlos.

La Condesa Sonja Narodja descartó la hipótesis.

--- Imposible. El Monasterio es inmenso, pueden estar en cualquier lugar. E incluso si supiéramos dónde están, los rusos ya nos han visto. Si volviéramos allí,despertaríamos sospechas, y nos seguirían. Si Roy y Kelly están escondidos, llevaríamos a los rusos nosotros mismos.

Kracory se sentó en el suelo.

--- Sonja, estás pensando como alguien de 1915. Pero nosotros somos de su futuro, ¿recuerdas?

La Condesa no entendió de inmediato.

--- Disponemos de drones, con cámaras con sensores. Podemos escanear el lugar, localizarlos y, si tienen problemas, podemos ayudarlos a escapar.

Sonja aplaudió al pequeño enano y se volvió hacia Jill.

--- Sensores infrarrojos. Pero el Monasterio está lleno de gente. ¿Se llevaron algún objeto rastreable?

--- Los monjes y novicias tienen crucifijos. Los suyos tienen rastreadores. - Dijo Jill.

--- Estupendo. Debo confesar una cosa. Estaba feliz de cumplir la misión a la antigua. Entramos en Pechersk disfrazados,tomamos los libros y salimos por la puerta principal. Sin trucos futuristas. Como lo haría alguien de esa época.

--- Excepto que tenían muchas pérdidas, precisamente, en el momento de la fuga. Por falta de comunicación y desacuerdos. Así es como mucha gente se quedó atrás. - Dijo Kracory.

--- Nadie se queda atrás en nuestro Ejército. Esta modernidad que tenemos.

Jill agregó:

--- El Comandante y Kelly están bien entrenados. Ellos saben qué hacer. Sólo tenemos que hacerles saber que tenemos los libros.
--- Estupendo. – Dijo Sonja Narodja.

xxxxxxxxxxxxxxxxxxxxxxxxxxxxxxxxxxxxxxxxxxxxxx

--- Así que empecemos de nuevo - Dijo el Coronel Ucraniano. --- Oleg y Piotr te vieron en las cuevas. Se sorprendieron dos religiosos que no hablaban, observaban todo e intercambiaban extrañas señas. Además de eso, usar botas en lugar de sandalias. Los atraparon pensando que eran agentes rusos. Solo nuestros informantes en el Monasterio dicen que los rusos tampoco te conocen. Están allá arriba ahora, interrogando a los monjes, buscando un monje y una novicia, simpatizantes de los rebeldes. ¿Que somos? Situación interesante.Los rusos te están buscando y estás aquí. La pregunta es: ¿Quién eres?
--- ¿Fueron tan malos nuestros disfraces? – Preguntó Roy.
        Una de las mujeres hablaba inglés e intervino:
--- ¿En qué convento una novicia usa tanto maquillaje? Parece sacada de un burdel.
--- Bueno, que sepas que soy una chica buen comportada. – Protestó Kelly.
--- Conozco tu tipo de lejos. – Dijo la mujer.
        Uno de los muchachos se acercó al jefe y le dijo algo. El Coronel se volvió hacia los dos.
--- Oleg cree que deberíamos matarlos pronto. Dame una buena razón para no estar de acuerdo con él.
        Azteca sonrió al Coronel.
--- Serás descubierto y necesitarás nuestra ayuda para escapar de los rusos.
--- Ah, entonces admites que trabajas para los rusos.
--- Los rusos buscan a Oleg y su amigo. Y también por nosotros, porque crees que somos tus cómplices.
        Se abrió una puerta lateral en la pared de la cueva y entró un Monje anciano.
        Le dijo algo al Coronel. En un momento,hizo un gesto con una mano,indicando a un hombre de baja estatura ya una mujer, disfrazada de monja.
        Roy Azteca se volvió hacia Kelly.
--- Están hablando del Profesor Kracory y Sonja. Este debe ser el monje bibliotecario.
        Todos los ojos se volvieron hacia él. El Coronel los miró enojado.
--- ¡Dijiste que no podías hablar ucraniano!
--- Y no lo sabemos. Pero indicó la altura de Kracory y una mujer llamada Sonja. Ellos son nuestros colegas. Fueron a la Biblioteca a buscar un libro sobre perfumería de Bergsson de Constantinopla.
--- ¿Perfumería? – Preguntó el Coronel. --- ¿Qué estupidez es esa?
        El Monje hizo un gesto con la mano, interrumpiendo al Coronel. Estaba claro que él era el mentor intelectual y político de los "Leones". El Coronel era el estratega militar y el hombre de acción.
--- ¿El Profesor y Sonja son tus amigos? ¿Por qué querían tanto ese libro?
--- Puede que tenga el antídoto para los gases venenosos, muy malo. ¿Consiguieron conseguir el libro?
--- Entiendo. Se lo di, y luego los vi, más allá de los guardias y a través de la puerta.
        El Comandante y Kelly suspiraron aliviados.
--- Ellos conseguiran. La misión fue un exito.

El Coronel se volvió hacia ellos dos, todavía atados a sus sillas.

--- ¿No te olvidas de nada?

Oyeron un guijarro golpeando insistentemente en un tubo de zinc.

--- Nos encontraron. - Dijo Kelly, sonriendo.

La alborotadora estaba atónita.

--- ¿Cómo lo encontraste? ¡Estamos en una cueva, a más de 10 metros de profundidad!

--- Debería haber una tubería de aire aquí. Viniendo del techo, a través de las paredes. - Dijo Roy.

--- Deben haber usado el escáner del dron, para hacer un mapeo 3D de las cuevas. - Dijo Kelly.

La mujer estaba furiosa.

--- ¿Pero de qué habla esta loca?

--- ¡Esperar! - Dijo Roy.

Continuaron escuchando el sonido del guijarro golpeando el zinc.

--- Nuestros amigos dicen que los rusos rodearon las cuevas.Están formando una tropa para invadir los túneles. Recibieron órdenes, por radio,de matar al Coronel Stanislav ya todo su grupo. Reconocieron a Oleg, su hijo. Y...

Azteca y Kelly se detuvieron. Fue Kelly quien habló.

--- Detrás de esa pared, hay una persona en una cama. Parece un niño enfermo.

El grupo quedó asombrado. El Monje los calmó.

--- Le di el libro que querían tus amigos. Aquí en Ucrania tenemos la costumbre de devolver favores.

--- Muy justo. Si nos dejan ir, puedo responder a nuestros amigos para que nos saquen de aquí. O podemos quedarnos aquí, esperando a que lleguen los rusos.

--- Ellos nunca encontrarán esta cueva. – Dijo la mujer.

--- Y ni siquiera necesitan hacerlo. Solo rodea el Monasterio y espera a que se te acabe el agua y la comida. Serás enterrado vivo. - Dijo Kelly.

--- Liberalos. – Ordenó Monje Kroski.

--- ¡Eso es una locura! ¡Están hablando con una piedra! - Gritó la mujer.

--- Es un código, derivado de Morse. - Dijo el Coronel. – Solo que quien esté golpeando ese tubo de zinc tendría que estar colgado de la torre, de más de 30 metros de altura. Allí en la bóveda de la Basílica. Y me pregunto cómo llegó allí, sin que los rusos se dieran cuenta. ¿Y cómo vieron a Sorgi?

--- Buena pregunta. ¿Puedo preguntar? – Preguntó Azteca.

El Coronel asintió y ordenó a sus hombres que desataran a los prisioneros. El Monje dijo:

--- Responde a tus amigos. Si mientes,será fácil descubrirlo.Les di el libro que querían. Pregúntales quién soy y cómo fue nuestra cita.

Rodolfo Azteca se quitó el crucifijo del cuello,lo volteó y comenzó a teclear con el pulgar en la base, donde estarían los pies del crucificado.

Todo el grupo estaba asombrado. La mujer parlanchina tartamudeó:

--- ¡Dios mio! ¡No respetas ni siquiera un objeto religioso! ¡Un crucifijo!

Kelly respondió:

--- Como San Pedro, buscando su salvación, invirtiendo su cruz.

Volvió el golpeteo del guijarro en el tubo de zinc. Azteca respondió:

--- Eres el Monje Benés Kroski, Bibliotecario de Pechersk. Los originales de Bergsson se quemaron en un incendio y usted les dio los libros del Monje Drominitj. Y el Profesor

Kracory se disculpa por llamarlo "idiota" 5 veces. Lo considera un gran hombre y un gran patriota.

Todos los ojos se volvieron hacia Kroski. Estaba visiblemente emocionado.

--- Eso fue todo. – Confirmó el Monje.

El Coronel Stanislav tomó el control de la situación.

--- Pediremos explicaciones más tarde. Ahora, salgamos de aquí.

--- ¿Puedo echar un vistazo a Sorgi? - Preguntó Kelly.

El Coronel se volvió hacia la mujer habladora. Sorgi debe ser su hijo. Ella asintió, consintiendo.

El grupo los llevó a la entrada de la cueva, donde un niño flaco, de unos 8 años, estaba acostado sobre una roca.

Kelly se acercó al niño y examinó su muñeca, cuello y pecho.

Kelly se volvió hacia el grupo y negó con la cabeza.

--- Desnutrición. ¿Cuánto hace que este niño no come?

--- Nunca teníamos suficiente comida. Pero llevamos casi una semana escondiéndonos. Comimos lo que encontramos en el monte.

La Teniente Kelly Falsburg, del Ejército de Polaris, sintió sus lágrimas de verdad, por sus disfraces de novicia, o de oficinista. El hambre y la miseria fueron las mismas en todo el Universo en todos los tiempos.

Desnutrición. Incluso si pudieran obtener alimentos sólidos, el niño no podría digerirlos. No había nada que sus tecnologías avanzadas pudieran hacer allí, en esa cueva.

El Coronel Stanislav evaluó el desastre inminente.

--- Los rusos solo tendrán que bloquear las salidas de las cuevas, y esperar nuestra muerte, dentro. Nuestra única opción es abrirnos paso luchando y morir luchando. No moriremos escondidos. Caeremos con las armas en la mano.

Azteca vio al grupo sacar sus armas y dirigirse hacia una de las salidas. Le envié un mensaje a Sonja. En unos minutos, recibió una respuesta.

--- Tal vez haya otra opción. Hay una cueva bajo el Río Dniéper que los rusos no bloquearon.

Stanislav negó con la cabeza, no.

--- Conozco todas las cuevas de Pechersk como la palma de mi mano, Forastero. No hay cueva, debajo del río.

Azteca envió otro mensaje.

--- La entrada está a 100 metros, a nuestra derecha. Ella está bloqueada por una roca. Y parece estar lleno de serpientes.

Monje Kroski miró a Azteca y Kelly de arriba abajo.

--- Está hablando de las Cuevas de la Serpiente. ¿Cómo sabes esto?

--- ¿Cueva de las Serpientes? – Preguntó Stanislav.

--- La cueva no fue excavada por los monjes y sirvientes. Ella ya existía. Los monjes lo descubrieron durante sus excavaciones y colocaron la piedra que bloqueaba la entrada, para evitar que las serpientes invadan las otras cuevas. Las serpientes son la imagen del Diablo, que hechizó a Adán y Eva. Sería una herejía que estuvieran bajo un monasterio. Así que pusieron la piedra en la entrada, y nadie volvió a hablar de ellos. Solo yo y algunos monjes ancianos, conocedores de la historia del Monasterio, lo sabríamos.

--- Monje Kroski, me pediste que te devolviera un favor. Y aquí tenemos un grupo de patriotas ucranianos condenados. En mi país también tenemos la costumbre de devolver favores.

Kroski vaciló. Estaba a punto de cometer una herejía para salvar su vida. Un acto doblemente sacrílego. Pero también salvaría otras 20 preciosas vidas.

--- Eso es una locura. - Dijo el Monje. --- La piedra que pusieron allí es enorme.

--- Podemos arreglarla.

--- Incluso si quitas la piedra, las serpientes invadirán esta cueva y otras. No puedo estar de acuerdo con eso.

El guijarro volvió a chocar contra el zinc.

--- Los rusos han entrado en las cuevas. Está a unos 200 metros de aquí. Si liberamos a las serpientes, pronto serán su problema.

Stanislav intervino.

--- Monje Kroski, he vivido toda una vida de pecado, matanzas y guerras. Si existe la más mínima posibilidad de cometer un pecado más y salvar la vida de mis hombres, estoy dispuesto a ir al Infierno con mucho gusto. Asumo todos los riesgos. Vuelve a tu biblioteca y finge que no sabes nada. Somos hombres buscados.Los rusos nos conocen. Por las serpientes o los rusos, no tendremos la misma muerte lenta que Sorgi.

Kroski miró a Azteca y Kelly a los ojos.

--- Extranjeros,consideren pagados sus favores. Pase lo que pase,le diste a mis amigos algo que ellos no tenían: Esperanza.

El Monje los abrazó a ambos. Luego abrazó y besó uno a uno de los ucranianos. Bendice a todo el grupo. Luego entró en el pasaje que conducía al Monasterio.

--- Es el más arriesgado de todos nosotros. - Dijo Stanislav. --- El único que se enfrenta a los rusos todos los días, y no tiene forma de esconderse.

La mujer tomó a Sorgi en sus brazos. Ya estaba muerto.

--- Mi hijo va conmigo adonde yo voy.Te enterraré como un libre.O morir en el intento.

El tapping en el zinc ha vuelto.

--- Rusos a 150 metros y moviéndose rápido. No tenemos más tiempo que perder.

--- Ninguno de nosotros sabe donde esta esa piedra, estamos en una cueva, todas las paredes son de piedra. Nunca hemos oído hablar de este.

--- Coronel, ¿me permitirá tomar el mando hasta que lleguemos al otro lado?

Stanislav sonrió.

--- Con mucho gusto, Desconocido. Es la primera vez que un extranjero pide permiso, para mandarnos.

--- Me emocioné. Lo haremos.

Corrieron por los túneles. Roy fue guiado por un pequeño dispositivo, similar a un pequeño espejo. Se detuvo frente a una pared,como tantos otros.No es de extrañar que nadie se haya fijado en ella.

--- Los monjes taparon la entrada con piedras, y enyesaron el exterior, para que nadie descubriera las serpientes. Eran demoníacos, para ellos. Vamos a entrar.

Sin pensarlo mucho, los hombres comenzaron a romper la pared de la cueva en el punto indicado. Pronto las piedras cayeron y una caverna oscura apareció ante ellos.

Pronto vieron las serpientes y arañas venenosas, que tanto horror habían causado en los monjes.

--- Creo que ahora entiendo lo que significa "demoníaco". - Dijo Stanislav.

--- Pronto los rusos también lo entenderán. Lo haremos. – Dijo Azteca, entrando al túnel.

--- ¿Usted está loco? ¿Entrarás allí? - Dijo la mujer, cargando al niño.

--- Lo haremos. Y ven pronto, tras nosotros. No tenemos mucho tiempo. Y tranquilo, no hables, no hagas ruido. – Respondió Kelly, entrando detrás del Comandante Azteca.

Stanislav se santiguó y entró, siguiendo a los forasteros. Pronto, todos lo siguieron.

Siguieron en fila india, uno tras otro. El dispositivo en manos de Azteca emitía una luz fuerte, suficiente para que cada uno viera al compañero de enfrente.

Poco a poco, notaron algo extraño.

Al pasar, las serpientes se enroscaron y las arañas se escondieron. También había lagartijas en las grietas de las rocas, pero ninguna las atacó.

Tan débiles y cansados como estaban, ninguno de ellos se atrevió a mostrar debilidad. Estaban presenciando un milagro. Irían hasta el final, cueste lo que cueste.

Oyeron el sonido del Río Dniéper sobre sus cabezas. ¡Estaban pasando bajo el río!

Poco después, los de delante repitieron la señal a los de atrás para que se detuvieran. Se dieron cuenta de que había una roca que bloqueaba la salida.

Hubo un momento de tensión, pero la señal era que todos mantuvieran la calma.

Pronto, escucharon el estallido de una pequeña explosión.La piedra había sido removida.

Nadie entendió. ¿Cómo podrían haber usado dinamita allí sin derrumbar toda la caverna? ¿Y cómo habían conseguido la dinamita?

Pero sintieron el aire fresco,entrando con más fuerza,por la salida de la cueva.

Eso era todo lo que realmente importaba.

Finalmente, salieron en medio de un bosque, a casi cincuenta metros de la orilla del Dniéper.

Podían ver las torres de Pechersk, al otro lado del Dniéper, a un par de kilómetros de distancia.

No hacía falta saber ucraniano para entender sus miradas de agradecimiento. Stanislav preguntó:

--- ¿Puedes decirnos cómo lo hiciste?

Azteca sonrió.

--- No. Y ni siquiera intentes hacerlo de nuevo. La próxima vez, las serpientes te comerán vivo.

--- ¿Pueden al menos decirnos sus nombres?

--- No. Cuanto menos sepan de nosotros, mejor. Esto te lo puedo decir. Oh, un momento, coronel.

Azteca vio su espejo mágico por unos momentos,Stanislav miró esa cosa,pero solo vio puntos y rayas. Sabía el Código Morse. Pero eso no era Morse.

Rodolfo sonrió al ucraniano.

--- Tenemos noticias actualizadas, Coronel. Los rusos trajeron dos regimientos a rodea Pechersk. Ya han encontrado la entrada al túnel "demoníaco",y están librando una dura batalla contra serpientes muy enojadas.

Stanislav le devolvió la sonrisa.

--- Me gustaría ser neutral, como los americanos, pero no puedo. Estoy apoyando a las serpientes.

--- Los rusos deben pensar que entramos en el túnel y estamos muertos, deben cerrar el túnel, pensando en encerrarnos allí. Le sugiero que haga que sus hombres cierren esta salida. De esa forma, solo sabrán que escapaste y estás vivo, cuando reaparezcas por sorpresa.

--- Bueno, al menos he descubierto algo sobre ti, Forastero. Eres o fuiste militar. Y un excelente estratega.

El Coronel lo saludó y el Comandante Azteca respondió.

Ahora eran hermanos de armas. Misión cumplida.

Stanislav dio algunas órdenes, en ucraniano, y sus hombres comenzaron a empujar rocas hacia la entrada de la cueva.

Kelly se había despedido del cuerpo de Sorgi y abrazó la mujer alborotadora. Los rusos deben sufrir, en sus manos.

Los dos corrieron hacia el bosque y desaparecieron.

Redoblaron el cuidado de no ser seguidos.Se dirigieron al punto de encuentro.

Sonja y Jill ya estaban listas para irse. Pero Kracory parecía muy nervioso.

--- ¿Quiere decirme qué está pasando, Profesor? – Preguntó Rodolfo Azteca.

--- ¿Tienes idea de cuánto interferimos con la historia de los terrícolas hoy en día, sólo para conseguir estos libros? - Preguntó.

Rodolfo y Sonja se miraron. La condesa se volvió hacia el enanito.

--- ¿Era tanto? - Ella preguntó.

--- Los rusos reconocieron al joven Oleg,hijo del Coronel,y lo siguieron hasta las cuevas de Pechersk. Trajeron dos regimientos, armados hasta los dientes,y rodearon todas las salidas que conocían. Entre morir de hambre en las cuevas y morir luchando, los "Leones" optarían por morir luchando. Saldrían disparando y serían masacrados. Sus cuerpos serían colgados de postes para intimidar al pueblo ucraniano. Ese sería el resultado normal de esta aventura. Stanislav y sus seguidores estaban condenados.

--- En la historia "normal", Kelly y yo no estaríamos allí, Profesor. Terminaríamos colgando de los postes también. Simplemente nos salvamos a nosotros mismos. No le hicimos ningún favor a nadie.

--- No. Tenías un equipo electrónico que te permitía descargar un plano tridimensional de las cuevas. Encontraste una cueva escondida, detrás de una pared, que ni siquiera los ucranianos conocían. Kelly ha descargado un altavoz, que emite a una frecuencia ultrasónica. Imperceptible para el oído humano, pero afecta el sistema nervioso de los animales, paralizando sus movimientos. Volaste la roca que bloqueaba la salida,porque tenía explosivos plásticos minúsculos, escondidos en la hebilla del cinturón. Si no estuviéramos aquí, Stanislav y su grupo nunca podrían haber escapado de esa cueva.

--- Eso es verdad.

--- Ahora, en lugar de las fotos de 20 mártires más, colgadas en un museo,esta hazaña convertirá a Stanislav enun héroe nacional.El hombre que escapó del sitio de Pechersk. Tus "Leones", que hoy tenían 20, mañana tendrán 200, y entonces, tal vez, miles.

--- Tal vez, Profesor. Quizás.

--- En 1917, los bolcheviques dominarán Ucrania, casi sin resistencia, porque no había ningún líder, como Stanislav, para organizar a los ucranianos. Tampoco fueron reconocidos por la Sociedad de Naciones, en el Período de Entreguerras, porque no tenían un líder político sólido, como los checos tenían con Thomas Masaryk.--- Verdad. Stanislav parecía un buen líder.

--- En 1921 estallará la Guerra Civil Rusa, entre comunistas y anticomunistas. Rusos rojos contra rusos blancos. Occidente intentará ayudar a los rusos blancos del Almirante Kolchak, pero no podrá hacer nada en los rincones de Siberia. Pero si los ucranianos tuvieran un líder aquí, a orillas del Mar Negro, Occidente podría ser de gran

ayuda. Incluso los cañones de la Royal Navy podrían haber tomado parte en la lucha.
--- Puede ser. ¿Adónde quiere ir, Profesor?
--- Si la Unión Soviética hubiera perdido las tierras fértiles de Ucrania en 1921, no habría podido mantener su régimen por más de 70 años. La Guerra Fría, la carrera espacial, nada de esto hubiera sido posible sin el granero ucraniano que alimenta a los soviéticos. ¿Tienes alguna idea de lo diferente que habría sido la historia terrana?
       Rodolfo se agachó para ponerse a la altura del enanito y mirarlo a los ojos.
--- Profesor, ¿contó cuántas veces dijo "si", en una historia de casi un siglo?Tal vez una hazaña como la de la cueva ayude a Stanislav a convertirse en un héroe.Pero los rusos seguirán siendo mayoría, y la próxima vez, en lugar de 2, enviarán 10 regimientos. ¿De verdad crees que los ucranianos llegarían tan lejos sin ayuda? Y no olvides que antes de la Royal Navy, todavía llegarán los nazis.
       El pequeño enano miró dudoso. Y Azteca contraatacó:
--- Profesor, si usted volvió a la Edad Media como artesano;si tuvieras martillos,sierras, clavos, madera y tela, ¿dejarías de construir tu carabela? ¿Incluso sabiendo todas las batallas navales del mundo? ¿De la colonización de los continentes? No. ¿Y porque no? Porque no eres, nunca fuiste, y nunca serás Dios. Eres solo un hombre, con las herramientas y los sueños que estén a tu alcance. Harás lo mejor que puedas con lo que esté en tus manos. Y entonces podrás dormir tranquilo,con la conciencia tranquila. Hiciste tu parte, lo mejor que pudiste. Lo que esté fuera de tu alcance no es asunto tuyo. Me gusta mucho una frase budista. "Si puedes hacer algo, no tienes de qué preocuparte. Si no puedes hacer nada, tampoco tienes de qué preocuparte".
--- ¿Podemos continuar este debate filosófico en casa? – Preguntó Sonja, entrando en el teletransportador. --- Todavía estamos parados frente al Monasterio de Pechersk en 1915. Y cuando esos rusos se den cuenta de que los han engañado, no quiero estar aquí, ser parte de la verdadera Historia de Ucrania.

Capítulo 5

Caminos Inesperados

"La gente a menudo encuentra su destino,
en el camino que toman para tratar de evitarlo".

Jean de La Fontaine, poeta y fabulista francés.

--- ¡Qué alegría verte de vuelta! - Festejó Sabrina. Chayse, a su lado, sonreía aliviado.
--- Parece que lo pasaron muy bien en nuestra ausencia. La Policía Holandesa está vigilando nuestra entrada. ¿Está trabajando el Comisario?
--- Solo estás haciendo tu trabajo. Cierto caballero inglés escuchó que usted estaría fuera, y algunos caballeros del MI6 vinieron a buscar un transmisor de radio. Me encantaría leer su informe. - Chayse se rió.
      Sabrina se rió y preguntó:
--- Y tú, ¿te divertiste mucho en Ucrania?
--- Ucrania es muy hermosa y Kiiv es una ciudad hermosa. En otras circunstancias, habríamos disfrutado más.
--- Principalmente, sus cuevas son muy bonitas. - Dijo Kelly. --- Los de serpientes y arañas, entonces, son imprescindibles.
      Sabrina y Chayse se rieron mucho.
--- ¡También se divirtieron con las arañas! – Dijo la brasileña.
--- ¡Así que fue muy divertido! - Chayse se burló.
      Después de una ducha y una cena, todos compartieron sus aventuras y se rieron mucho.
      Más tarde, Rodolfo buscó a Sonja.
--- Me puse en contacto con la Matriz. Nuestros equipos de apoyo ya han entrado en acción para cubrirnos. Nadie nos esperaba, ni en Suecia ni en Rusia.
--- Le proporcionamos a Kostler el itinerario obvio para los terrícolas normales. Gottenburg – Estocolmo – San Petersburgo – Kiiv. Y "Big" advirtió a sus jefes que estábamos fuera. Y el MI6 vino a visitarnos, buscando un transmisor de radio. La pregunta es: ¿por qué no alertaron a la policía sueca y rusa de nuestra llegada?
--- ¿Sería mejor para los británicos si cayéramos en manos de los suecos o los rusos? Incluso pueden ser amigos ahora, pero su amistad no es tan buena.
--- Con "Big" saliendo con Sabrina, el MI6 está más cerca de nosotros que los demás. ¿Por qué compartir tus hallazgos con amigos dudosos?
--- Matrix dio otra información. Mansfield está investigando a las supuestas familias de Jill y Kelly. Encontró los "Árboles de Navidad" en los archivos ingleses, pero no quedó convencido. También hizo investigar a Sabrina en Brasil. Incluso encontró la tumba de su madre y la pensión donde vivían. Escuché toda su historia con los vecinos.
      Sonja pensó.
--- Eso era inevitable, Roy. Sabrina es una verdadera terrícola. Si buscas en su pasado, encontrarás todos los lugares donde trabajó. Es una persona real. Pero las hijas de los oficiales ingleses son personajes ficticios. Estaba claro que los ingleses los iban a encontrar. Pero no pensé que fuera tan pronto. Llamamos demasiado la atención.
--- Ya deben estar buscando a los Aztecas, Narodjas, Chayses y Kracorys aquí en la

Tierra.
--- Incluso sería divertido, promover un encuentro entre ellos, con nuestras familias reales, Roy. Como mínimo, sería inolvidable.
--- Contentémonos con nuestros disfraces. Los equipos de apoyo ya están en acción. Como siempre, no dan detalles. Las órdenes son mantener las historias.
--- ¿Pero por cuánto tiempo, Roy? Estamos construyendo un castillo de mentiras. Y un castillo de mentiras no puede permanecer para siempre.
--- Tenemos que encontrar este antídoto pronto y salir de aquí antes de que todo se desmorone. Ya he enviado los libros de los ucranianos a Matriz. Lo digitalizarán todo y solo nos enviarán los puntos que necesitamos.
--- ¡Pero fue una gran victoria, Roy! Ahora, tenemos todo lo que la humanidad sabía sobre Perfumería, ¡hasta 1782!
--- El incendio de Drominitj coincidió con el inicio de la Revolución Industrial. A partir de ahí, el mundo se puso patas arriba. Viajes intercontinentales, cultivo en invernadero… La Tierra de las Máquinas era otro planeta.
--- Hoy ganamos el Planeta Medieval. Pensaremos en Planeta de las Maquinas mañana, Roy.
--- Supongo que tendremos que pensar primero, Sonja. "Orion" quiere cambiar las tornas y pasar al ataque.
--- ¿Como asi?
--- Quedó muy impresionado con el libro de los ucranianos. Bergsson y Drominitj tenían una educación superior. Su trabajo es fantástico. Así que pensó: "¡Si los terrícolas medievales pudieran saber tanto, imagínense los modernos!".
--- No entendí.
--- Quiere atraer hacia nosotros a los mejores perfumistas del mundo. Y usa el libro ucraniano como cebo. Quiere relanzar el libro, en una edición revisada y ampliada, firmada por nosotros. Un equipo de escritores fantasmas se encargará de todo. Solo necesitamos encontrarnos con los reporteros y firmar autógrafos.
--- ¿Sólo eso? ¿Se ha vuelto loco? ¡Seremos el centro de atención!
--- Esta es la idea. – Asintió Azteca.
--- ¿De quién es la idea? ¿Quién tuvo esta loca idea? ¿Él, tú, o ese enanito loco de Kracory?
        Azteca miró hacia otro lado. No había sido una elección fácil para él.
--- La idea fue Mansfield del MI6. Investigando a Jill y Kelly, e irrumpiendo en nuestra casa. Ya es nuestra segunda invasión. La primera fue Fraulein Doctor. ¿Cuánto tiempo más le tomará al Comisionado Hinca obtener una Orden de Allanamiento?¡Investigaron a Sabrina!¡Fueron a la tumba de su madre!¡Podríamos haber sido arrestados en Suecia o en San Petersburgo! Está claro que nuestra estrategia defensiva no está funcionando. Llamamos demasiado la atención. Lamento informarle, pero nuestro anonimato ya se ha ido a Espacio. Sin juego de palabras.
--- ¿Con quien estoy hablando? ¿Con el Comandante del Arkonak, o con un Poster Boy?
--- ¿Qué prefieres, Sonja? ¿Explicarle a Kostler por qué no viajamos durante un mes? ¿O explicarle a la Policía Holandesa cómo funciona un teletransporte extraterrestre?
        Había silencio. Azteca completado:
--- Técnicamente, esta es una orden de "Orión".Pero hemos violado órdenes antes y ya que vamos a una Corte Marcial, de todos modos, me gustaría saber de todo el equipo. Si aceptamos, será con el acuerdo de todos. Estamos en esto juntos.
--- Saldremos en los periódicos, y estaremos aún más expuestos.

--- Si alguien más viene a invadirnos, podemos decir que nos vio en los periódicos, y vino a robarnos el dinero. ¡Mucho más fácil que explicar a tres agentes del MI6 que entran en una perfumería recién abierta para buscar un transmisor de radio! ¡O una espía alemána, en busca de extraterrestres!
--- El viejo truco de usar periódicos para esconderse. - Dedujo la Condesa. ---Reportar lo que quieren averiguar.
--- "Orion" cree que estamos acorralados, y no tenemos forma de buscar a los mejores perfumistas del mundo. Si nos hacemos famosos, con el libro, eventualmente vendrán a nosotros.
--- La prensa regañará a cada uno de nosotros. – dijo Sonia.
--- "Orion" garantiza respuestas a todas las preguntas.Y confío enel Almirante Sanders. El estratega jefe es él. Pero esa es su idea. Pedí tiempo para consultar con el equipo. Después de Kiiv,obtuvimos algo de crédito. Ahora confía en nosotros,al menos un poco.
        La Condesa no estaba muy entusiasmada con la idea.
--- Nos convertimos en celebridades de la Perfumería. No sé, Roy, es demasiado arriesgado.
--- Celebridades, en términos. Estamos en medio de una guerra. Los periódicos están llenos de noticias de lucha. Si tenemos una nota al pie, en la página 100,eso es mucho.
--- Eso es lo que me preocupa. Subestimas mucho a los que leen las notas al pie, en la centésima página. Reunamos al grupo mañana por la mañana en el desayuno.

XXXXXXXXXXXXXXXXXXXXXXXXXXXXXXXXXXXXXXXXX

La noche de autógrafos fue el 1 de Octubre de 1915, en una pequeña librería.
Un reportero del "Amsterdam Press" estuvo presente, con un fotógrafo.
Y el editor de "Prensa" envió una nota, prometiendo al menos una pequeña foto en la contraportada.
Estuvieron presentes algunos amigos y clientes de Maison Arkonak Rhugen. Entre ellos, Kostler, Hinca y su esposa.
Pocas personas estaban interesadas en

"TRAHETAT DAE PHERPHUMAREAE"

por Bergsson de Constantinopla y Monk Andrey Drominitj.

Dedicado:

Por los "Leones de Kiiv",

Al Monasterio de Pechersk Lavra y al Pueblo de Ucrania.

Naturalmente, el personal de la Maison no pudo explicar sus contactos con un grupo de guerrilleros, supuestamente muertos en cuevas.
Así, los "Leones" fueron presentados, en el libro, como un grupo de intelectuales en el exilio, que escribieron el Prefacio.
En Septiembre y Octubre de 1915 se reservó todo el espacio del periódico la guerra. Austria había invadido Serbia,dispuesta a borrarla del mapa. Pero la resistencia de los serbios había sido impresionante: la gran mayoría de los holandeses, así como

todos los neutrales, eran pro serbios.

El mundo entero quedó impresionado por aquellos campesinos, defendiendo sus tierras y sus hogares, de uno de los imperios más poderosos del mundo.

Con guerrillas y emboscadas, los serbios empujaron a los austriacos de derrota en derrota, de ratonera en ratonera. Hubo que enviar más y más tropas, más aldeas quemadas, más muertes y destrucción, pero los serbios resistieron. Huyeron de un lugar, para reaparecer más tarde, en otro lugar inesperado.

Y cuanto más duraba este juego del gato y el ratón, más se volvía la opinión pública contra los agresores.

Por primera vez, la brasileña austríaca Sabrina se dio cuenta del rumbo que estaba tomando la política.

En Francia, era trinchera contra trinchera, los dos bandos estaban empatados. En el mar, cada bando afirmaba tener la sartén por el mango. Dos mentirosos iguales.

En Rusia, el zar era un tirano que esclavizaba a su pueblo y había atacado primero a Alemania, pensando que se aprovecharía. Además, el Zar y el Kaiser eran primos. Harinas de la misma bolsa.

Pero en Serbia eran los buenos contra los malos. Allí, los diarios de los neutrales empezaron a tomar partido.

Y uno de los neutrales era Estados Unidos.

Sabrina no sabía mucho sobre Estados Unidos. Incluso en el cine, la mayoría de las películas seguían siendo francesas. Las películas estadounidenses comenzaron a aparecer en Europa, pero todavía eran pocas.

Pero pudo ver al Comandante ya Chayse haciéndose pasar por estadounidenses. Vio en los mapas que era un país inmenso y muy poderoso.

Comprendió que, tarde o temprano, entrarían en guerra y desequilibrarían la balanza de poderes.

Cuando eso sucediera, sus amigos ya no serían neutrales y tendrían que irse de Holanda. O incluso el Planeta Tierra.

"Big Ben" Kostler no se apartó de su lado, ni una sola vez, en toda la noche.

El comisario Hinca acompañó todo, junto con su esposa. Fueron invitados especiales en Maison Arkonak Rhugen.

En medio del evento, apareció Terry Audrey, como si estuviera un poco perdido.Kostler fingió sorpresa al verlo y lo presentó a los Arkonak como representante comercial de una empresa estadounidense.

Casi de inmediato, se acercó a Kelly y Jill.

Sonja le preguntó a Roy.

--- ¿Qué pensaste de él?

--- Agente de campo. Buen táctico, no estratégico. Salió a la luz,traído por Kostler,para ir directamente tras Jill y Kelly. Quiero decir que vino a distraer nuestra atención.

--- Logró distraer a Hinca.El Comisario no le quita los ojos de encima. -Dijo la Condesa.

--- Esa debería ser tu prioridad. Los holandeses nos vigilan y/o nos protegen. Nadie puede llegar a nosotros sin pasar por los holandeses.

--- Enviar otro equipo de asaltantes sería demasiado arriesgado y podría comprometer a Kostler.

--- Terry llegó a ser el "Hombre de Oro". Decide en el acto y resuelve la situación. Espere emociones fuertes. – Concluyó Azteca, sonriendo.

Una mujer joven entró en la librería, luciendo bastante molesta.

Miró al reportero y al fotógrafo del "Amsterdam Press", y su desprecio por ella demostró que ya se conocían.

Fue mecanógrafa del "Amsterdam Press". Había estado escribiendo en una vieja máquina de escribir oxidada todo el día. Sus dedos estaban entumecidos.

Su sueño era ser periodistas. Pero, una mujer? ¿El periodista? ¿En 1915? ¡Ridículo!

A la niña le gustaba la acción. Si pudiera, sería corresponsal de guerra. O reportero de policía, para informar sobre tiroteos.

El editor estaba harto de la insistencia de la niña. Para deshacerse de ella, la envió fuera de horario a ver la noche de autógrafos de los Arkonak.

¡Eso era absurdo!, querían que ella viera "cómo trabajaba un hombre". ¿En el lanzamiento de un libro de perfumería? ¿Era eso serio?

¡Que interesante! Iría a dormir más temprano.

Pero en la redacción, sus amigas mecanógrafas le decían que los perfumistas siempre estaban metidos en historias bizarras: un capitán alemán, asesinado por adoradores extraterrestres, invasiones nocturnas, ladrones rodeados de arañas, policías en la puerta...

¡Ahora, aparecieron con un "Trahetat" de la Era Medieval, traído de una Zona de Guerra!

¡Qué locos!

La mecanógrafa se armó de valor para afrontar una noche fría y fue a complacer al editor.

Al menos, nadie podría decir que no era muy trabajadora.

Vería "cómo trabajaba un hombre", hablando de perfumería. Gracioso.

La niña entró a la librería, saludó al reportero y al fotógrafo, quienes la ignoraron. Miró una copia, que estaba en exhibición. Y comenzó a hojearlo.

El "Trahetat" era un libro enorme, con más de 1500 páginas, formato 50 cm X 30 cm, tapa dura! Lleno de grabados tallados a mano y nombres latinos. Mezclaba textos técnicos con episodios curiosos. ¡Un monstruo literario!

Ciertamente, la intención no era estar entre los más vendidos. Era un libro prestigioso. Su objetivo era establecer la reputación de Maison Arkonak en la comunidad de perfumistas.

Sólo los expertos y los más fervientes admiradores estarían interesados en un libro así.

Mientras hojeaba las páginas, la niña comenzó a palidecer y empezó a sudar frío. De repente, en un impulso de coraje, se dirigió a la mesa de autógrafos, donde estaban el Comandante Azteca, la Condesa Narodja, Chayse y Kracory.

--- Permiso. - Dijo ella, acercándose a la mesa. ---- ¿Fuiste a Kiiv a buscar estos originales?

El reportero de "Amsterdam" corrió tras ella, tratando de sacarla de allí, tomándola del brazo. El Comandante lo detuvo.

Todos se volvieron hacia ella, sus expresiones divertidas.

¡Había sido el incidente más divertido de la noche!

Fue la Condesa quien le contestó, con una hermosa sonrisa.

--- Bueno, lo intentamos. Incluso empezamos el viaje a Kiiv. Pero, es muy difícil viajar, debido a la guerra. Tuvimos que retroceder a la mitad. Por eso nos tomamos tan poco tiempo. Por suerte para nosotros, unos amigos ucranianos se enteraron de nuestro viaje. Y nos enviaron los originales, a través de un mensajero. Los correos también son horribles. Ni me pregunten cómo lo hicieron. Ese es su secreto.

--- ¿Me puede dar una dirección de contacto, con su amigo ucraniano? – Preguntó la chica.
--- Puedo buscar su contacto. ¿Cómo te llamas?
--- Mildred. Mildred Bergson.
--- Oh, Bergsson. ¿Tenemos un descendiente de Bergsson de Constantinopla? Pero Bergsson es un apellido bastante común en Suecia y Escandinavia. Y por donde caminaron los vikingos, como Kiiv.

La chica vaciló. No había pensado que su apellido fuera tan común. Actúa por impulso. No había pensado bien. Ahora, se sentía como una idiota.

La Condesa esbozó una sonrisa.
--- No importa. Ella es Bergsson que vino a honrarnos hoy, Señor Fotógrafo, Señor Reportero, tómenle una foto con nosotros. Hoy representa a Bergsson de Constantinopla.

El informe también apareció en la foto. De lo contrario, podría perjudicarla en la Sala de Redacción. Política del Buen Vecino.

El Comisionado Hinca, Benjamin Kostler y Terry Audrey también aparecieron en fotos del evento. Y todos notaron la reacción de la mecanógrafa.

Cuando terminó el evento, Chayse golpeó su bastón contra el suelo.
--- Veo que hemos hecho una nueva amiga.
--- ¿Qué te pareció ella? – Preguntó la Condesa.
--- Ella está escondiendo algo. Su conexión con Bergsson no es solo por su apellido. Estaba jadeando, ansiosa, preocupada. Miss Mildred descubrió algo en el libro que no quiso contarnos.
--- Trabaja en "Amsterdam Press". Trabaja como mecanógrafa en un periódico y sus colegas masculinos la odian. Ya puedo ver lo audaz que es.
--- No. No es una primicia periodística. Es personal. Este Bergsson, si no está relacionado, al menos tiene el alma, y quizás algún otro vínculo, con Bergsson.

xxxxxxxxxxxxxxxxxxxxxxxxxxxxxxxxxxxxxxxxxx

Al día siguiente, se envió un sobre al Amsterdam Post, con un recorte del "Amsterdam Press".

Destinatario dijo:
"Para
Mi hermana
Petra Bergson Stravlov
Estocolmo, Suecia."

EL FIN